Vivre la mer

Les Phares et Balises

Hervé Garoche
Emmanuel Picq

Préface
de l'amiral
Jean-Louis Battet

Une collection dirigée par l'amiral Jean-Louis Battet

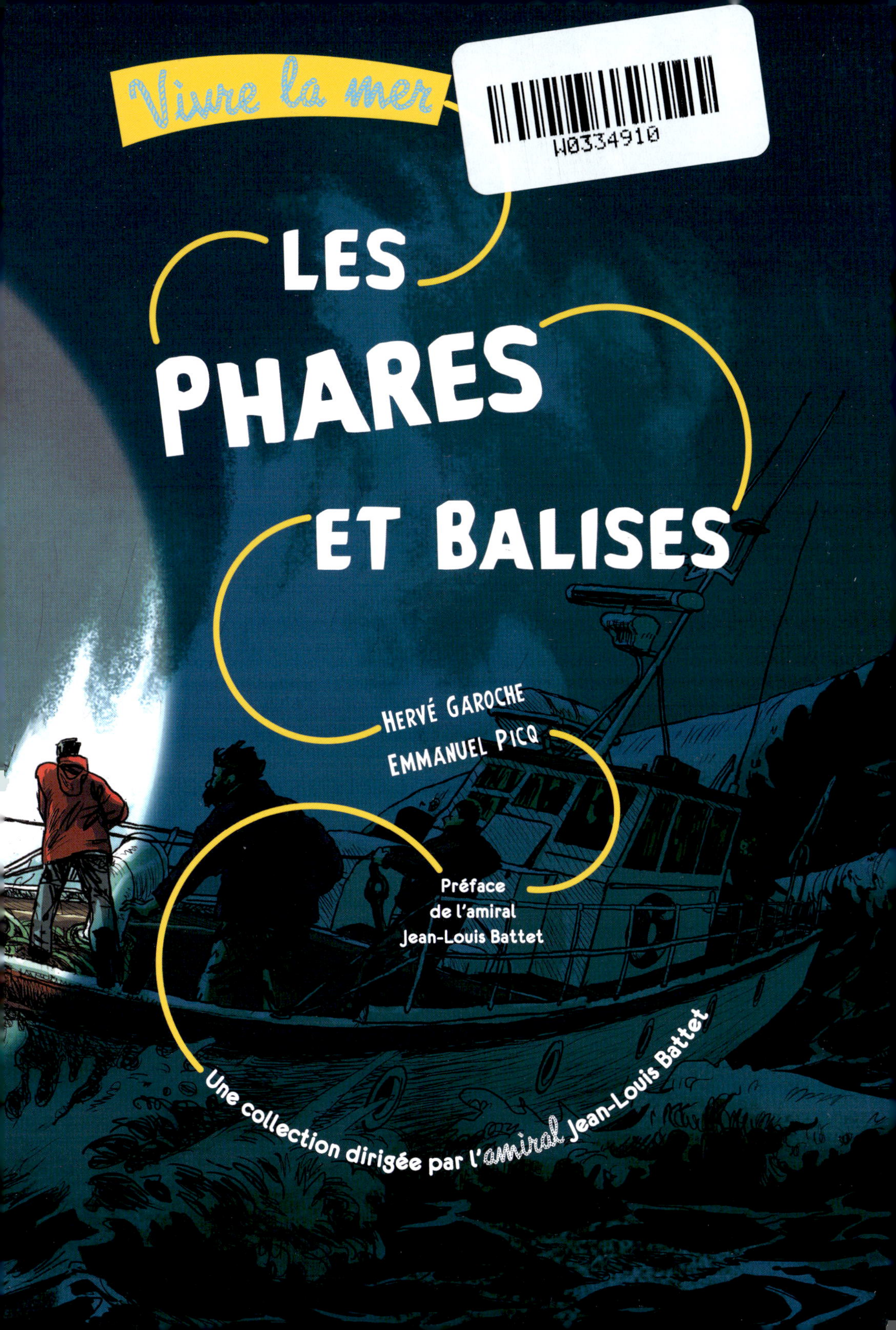

Remerciements

L'auteur adresse ses remerciements à Totie et son amiral Jean-Louis, Poupette la relectrice, Dominique qui rêve qu'il est encore à Cordouan, Brigitte, Bruno et Jean-Luc, les gardiens du bureau des phares.

Sommaire

Chapitre 1 — Un peu d'histoire...

Chapitre 2 — Un peu de technique...

ISBN : 978-2-35488-154-2
Loi 49-956 du 16 juillet 1949 sur les publications destinées à la jeunesse

CHAPITRE 3

LES HOMMES ET L'AVENIR DES PHARES

CARTE DE FRANCE DES PHARES

PRÉFACE DE L'AMIRAL JEAN-LOUIS BATTET

Pourquoi l'image du phare est-elle si populaire ? Sans doute parce qu'elle est un symbole de sécurité dans cette mer inconnue des terriens que nous sommes. En effet, lorsqu'on navigue sans repères depuis plusieurs jours et qu'on aperçoit l'éclat de phares à l'horizon, cela signifie qu'on approche enfin de la terre et cette simple vue procure alors un authentique sentiment d'émotion.

Pour Guy de Maupassant, en revanche, ses dimensions, « phare énorme et divin… cyclope monstrueux… démesuré », ainsi que l'élément qui l'entoure, « la mer obscure… l'eau sans limites… la tranchée large et noire », ont quelque chose d'inquiétant ! D'ailleurs, certaines magnifiques photos de Philippe Plisson ont contribué à asseoir cette légende.

Six phares seulement jalonnaient la côte française à la fin du XVIIe siècle. Aujourd'hui, on en décompte 1 500 en service dans le monde. Ils forment une chaîne lumineuse vivante autour des 5 continents.

Pour comprendre le fonctionnement de cette chaîne, il faut en regarder chaque maillon comme un élément indépendant.

Car si les phares sont pour le profane des éléments fixes, immuables et éternels, il s'agit en réalité d'ensembles complexes, vivants, d'outils modulaires et modulables au service de la signalisation maritime.

Des premières tours à feu de l'Antiquité, aux derniers phares construits au XXe siècle, de l'invention de la lentille de Fresnel et de la cuve à mercure aux programmes informatisés, cet ouvrage magnifiquement illustré vous fera découvrir le quotidien des hommes qui ont consacré leur vie à maintenir tout le long de nos côtes ces lampes scintillant comme des lignes de vie lancées dans la nuit, ainsi que Georges Pernoud les surnomme.

Après 2 000 ans de fonctionnement humain, les légendaires gardiens de phares sont retournés à terre et toutes ces sentinelles côtières aujourd'hui automatisées sont à présent visitées comme des monuments historiques.

Mon ami Hervé Garoche est un ingénieur passionné des phares (il s'est d'ailleurs marié dans celui de Cordouan alors qu'il était en poste dans cette région !). Ce documentaire bourré d'anecdotes a été écrit par lui avec un grand souci du détail afin de vous faire admirer l'ingéniosité et le courage des hommes qui ont bâti, entretenu et fait vivre tous ces magnifiques outils.

Chapitre 1

UN PEU D'HISTOIRE...

LA NAVIGATION CÔTIÈRE

Clocher d'Ars-en-Ré

Pêcher pour se nourrir est une des plus anciennes activités de l'homme. Les pêcheurs ont de tout temps été à la recherche de la pêche miraculeuse, légende ou réalité, qui leur permettrait de rentrer riches et fêtés. Au fil du temps, ils se sont davantage éloignés des côtes pour trouver de plus beaux poissons. Pour retourner « à bon port », il leur a fallu rester en vue de points caractéristiques de la côte qu'on appelle amers.

Les amers

Ces amers peuvent être naturels (arbre particulier ou rocher au profil original) ou artificiels (menhir, maison, clocher, toute construction non conçue à l'origine comme aide à la navigation, mais suffisamment caractéristique pour être reconnue sans faute à grande distance).

Certains amers sont célèbres, comme le clocher de l'église d'Ars-en-Ré peint en noir et blanc et toujours cité dans le *Livre des feux*. Les marins locaux ont appris à utiliser deux amers pour déterminer un alignement, c'est-à-dire la représentation d'un chenal navigable.

Les balises

Quand il n'existe pas d'amer caractéristique sur le rivage pour repérer un danger, on peut en fabriquer sur terre en amoncelant des cailloux, les cairns, ou en construisant des tourelles à fonctions diverses, les tours de guet. En mer, si les fonds le permettent, on met en place de longues perches en bois pour matérialiser les chenaux, ou bien des tourelles sur des roches apparentes. Ce sont les balises.

Chenal balisé

Les feux

Certains hommes ont eu l'idée d'allumer des feux pour permettre aux retardataires de revenir de nuit. On a ensuite découvert que les feux étaient aussi utiles de jour. En effet, le panache de fumée dégagé en utilisant certains types de bois peut être visible de très loin. En Méditerranée, les feux ont été fréquemment utilisés et les premières améliorations ont consisté à les faire brûler dans des paniers en fer qu'on hissait au bout d'une perche pour qu'ils soient visibles de plus loin.

Cairn

Église Saint-Sauveur

Un amer célèbre

Sur l'île d'Yeu, le clocher de Saint-Sauveur fut rehaussé à la demande des chambres de commerce de Nantes et de Bordeaux et entretenu par le département de la Guerre comme poste de vigie entre 1770 et 1830. La veille en était assurée par les marins de l'île, à tour de rôle, pour surveiller le trafic maritime et prévenir d'une éventuelle invasion de l'ennemi. Lorsque les risques d'invasion par la mer ont disparu, seule la fonction d'amer est restée attachée à ce clocher, et l'Administration des Phares a continué à l'entretenir jusqu'en 1953 où il fut détruit par un incendie.

Les pilotes Les marins côtiers prirent l'habitude d'aller au-devant des navires approchant de la terre pour offrir leurs services de « pilotes » aux capitaines, tout en évitant soigneusement de dévoiler leurs astuces. Ces marins « pratiques » n'étant pas toujours très fiables, une profession s'organisa alors, sous la pression des usagers et des chambres de commerce : le Pilotage. Les pilotes sont recrutés pour leur expérience au plus haut niveau de la marine marchande. Ils sont regroupés dans des stations installées dans les grands ports et les estuaires. Pour monter sur les navires qu'ils vont guider, ils disposent de vedettes rapides qu'ils amènent à couple (contre la coque) des navires en marche, en calant la vitesse pour que le pilote puisse monter à bord. Lorsque le temps est trop mauvais pour cette opération qui est dangereuse, les pilotes peuvent être treuillés par hélicoptère.

LES TOURS À FEU

LA LÉGENDE DU PHARE D'ALEXANDRIE, LA TOUR DE L'ÎLE PHAROS

DES VOYAGEURS ONT FAIT DES DESCRIPTIONS ENTHOUSIASTES, MAIS MAL TRADUITES, DE LA TOUR. IL NOUS EST PARVENU LA DESCRIPTION D'UN MONUMENT FANTASTIQUE : « LA TOUR MESURAIT 2 000 MÈTRES DE HAUT... DES CAVALIERS S'ÉTAIENT PERDUS À L'INTÉRIEUR... ELLE ÉTAIT CONSTRUITE SUR 4 CRABES EN VERRE ET ELLE ÉTAIT CAPABLE D'EMBRASER À DISTANCE LES NAVIRES ENNEMIS GRÂCE À UN RAYON ÉMIS DEPUIS SON SOMMET ! »

Pour permettre aux navigateurs de voir les feux de plus loin, il a fallu les installer toujours plus haut. La hauteur des feux sur perches étant limitée, on a construit des tours pour installer le foyer au sommet : les « tours à feu ».

Les tours à feu

Déjà à l'époque de la guerre de Troie, il existait une tour, au sommet de laquelle le feu était entretenu, destinée à guider les navigateurs à l'entrée du détroit des Dardanelles, la tour du cap Sigée.

D'autres tours à feu furent construites par les Grecs. Dans *L'Odyssée*, Homère fait allusion aux *feux que les navigateurs écartés de leur route aperçoivent sur les lieux élevés*.

Vers l'an 40, les Romains firent ériger des tours à feu, comme la tour de Douvres et sa jumelle la tour d'Ordre à Boulogne (qui s'est écroulée en 1644, avec la falaise sur laquelle elle était établie).

Le phare d'Alexandrie

En 330 avant J.-C., Alexandre le Grand fonda, sur la côte égyptienne, la plus grande cité jamais imaginée. C'est son successeur Ptolémée qui réalisa la tour à feu de l'île de Pharos pour développer le commerce maritime de cette ville. Il était en effet important de guider les navigateurs en toute sécurité vers ce port, la côte étant dangereuse et peu visible du fait de sa faible élévation au-dessus des eaux. C'est le monument à l'origine du mot « phare », car s'il n'est pas la première construction de ce type, il en est certainement la plus fameuse. Toutes les descriptions s'accordent en effet sur l'aspect extraordinaire de ce monument qui fut la septième merveille du monde. Haut de 135 mètres, le panache qui se dégageait de son feu était visible à 50 kilomètres. Sur une base octogonale reposait un premier étage de section carrée et un deuxième de section ronde. Le feu qui brûlait au sommet, de jour comme de nuit, était alimenté en combustible par des chevaux qui gravissaient une rampe intérieure jusqu'au foyer.

En 1303, affaibli par les tremblements de terre, il s'écroula après avoir éclairé les côtes d'Égypte pendant plus de 1 600 ans, guidé les navigateurs et représenté la toute-puissance d'Alexandre et de ses successeurs.

LA TOUR DE GÊNES

LA TOUR DE GÊNES, APPELÉE PAR LES GÉNOIS « LA LANTERNA », FUT CONSTRUITE VERS 1100 POUR BALISER L'ENTRÉE DU PORT DE LA VILLE. EN 1449, ELLE EUT COMME GARDIEN ANTONIO COLOMBO, L'ONCLE DE CHRISTOPHE COLOMB. REMANIÉE ET REHAUSSÉE PLUSIEURS FOIS, ELLEL EST TOUJOURS EN ACTIVITÉ.

LA TOUR DE L'ÎLE ANTROS EN 800, IL EXISTAIT UNE TOUR À FEU SUR L'ÎLE ANTROS QUI PERMETTAIT AUX NAVIRES DE REMONTER VERS BORDEAUX (LE GOLFE DE GASCOGNE ET L'EMBOUCHURE DE LA GIRONDE ÉTANT RÉPUTÉS POUR LEUR DANGEROSITÉ). ELLE FUT REMPLACÉE AU XIVE SIÈCLE PAR UNE TOUR ÉRIGÉE PAR LE PRINCE NOIR (LE PRINCE DE GALLES), GOUVERNEUR DE LA GUYENNE LORSQUE CETTE PROVINCE ÉTAIT ANGLAISE, AFIN DE FACILITER LES ÉCHANGES AVEC L'ANGLETERRE. LES ERMITES CHARGÉS DE L'ENTRETIEN DE CETTE TOUR ET DE SON FEU RECEVAIENT « DEUX GROS DE STERLING SUR TOUT NAVIRE OU VAISSEAU CHARGÉ DE VIN » PASSANT DEVANT LA TOUR. LORSQU'ELLE EST DEVENUE INUTILISABLE, L'OUVRAGE QUI LUI A SUCCÉDÉ (CORDOUAN) DÉPASSA DE LOIN TOUS LES AUTRES OUVRAGES EXISTANT À L'ÉPOQUE.

Moyen Âge et Renaissance

Au Moyen Âge, les raids normands jusqu'en Sicile n'encouragèrent pas l'extension de la navigation, mais à partir du XVIe siècle, malgré les razzias des Barbaresques poussant jusqu'en Irlande pour soumettre en esclavage les marins des navires qu'ils rencontraient, les échanges commerciaux entre les pays se développèrent, ainsi que les infrastructures portuaires. Le balisage en approche des ports devint indispensable pour limiter les naufrages. Ainsi, les autorités des villes portuaires ont balisé les zones les plus dangereuses de tours à feu pour protéger leur commerce.

Naufrageurs

L'histoire raconte que, dans des zones particulièrement dangereuses, les riverains malintentionnés allumaient des feux pour provoquer des naufrages, piller les épaves et leur cargaison… et tuer les survivants pour arracher leurs effets personnels.

La légende

Des gravures du XIXe siècle montrent ces « naufrageurs » menant sur la plage une vache aux pattes enchaînées, un fanal fixé entre les cornes. Les mouvements de l'animal entravé simulaient les balancements d'une barque à l'abri d'une crique pour tromper le capitaine du vaisseau en difficulté. Celui-ci, croyant pouvoir s'y diriger en toute sécurité, venait se perdre dans le piège ainsi tendu.

D'autres illustrations montrent les populations locales, y compris femmes et enfants, armées de crocs et munies de cordes, pillant le navire victime du naufrage qu'ils viennent de provoquer.

Certains lieux, comme la baie des Trépassés, le cap Sizun, les abords d'Ouessant, la baie d'Audierne ou l'Enfer de Plogoff, sont encore chargés de ces histoires.

LES NAUFRAGEURS

La réalité

En fait, ces coutumes relèvent plus de la légende que de la réalité : les rapports de capitaines sur leur naufrage, qu'on appelle « fortune de mer », ne rapportent généralement pas de tels comportements de la part des populations riveraines. Il semble que, bien au contraire, celles-ci participaient activement à la sauvegarde des naufragés, ce qui ne les empêchait pas de récupérer la cargaison des navires à la côte (et parfois même de dépouiller les marins), car le « pillage légal » était une tradition. Hoël le Bon, roi breton du Xe siècle, l'avait même édicté en loi : « Les choses du naufrage appartiennent au roi ». Le droit de bris confère au seigneur local le privilège de la propriété de tous les débris en provenance d'un naufrage, mais souvent la population locale oublie temporairement ce privilège seigneurial pour récupérer le plus de marchandise possible avant l'arrivée des autorités.

En 1681, avec Colbert, le droit de bris disparut de la législation française. Autrement dit, les épaves revenaient à l'État et non plus aux autorités locales. Et la sentence pour un naufrageur restait la peine de mort !

DES NAUFRAGEURS MODERNES

EN JANVIER 2007, LES MÉDIAS NOUS MONTRAIENT DES PROMENEURS VENANT DE TRÈS LOIN POUR RAMENER UN SOUVENIR DU NAUFRAGE DU PORTE-CONTENEURS *MSC NAPOLI* SUR LES CÔTES ANGLAISES, AVANT L'INTERVENTION DES POUVOIRS PUBLICS. DÈS L'ÉCHOUEMENT DU NAVIRE, AU MOINS UNE SOIXANTAINE DE CONTENEURS AVAIENT ATTEINT LA PLAGE. FACE À CETTE MANNE VENUE DE LA MER, LES HABITANTS SE SONT RUÉS EN MASSE LA NUIT, LAMPE DE POCHE À LA MAIN, POUR RÉCUPÉRER TOUT CE QUI POUVAIT L'ÊTRE. UNE QUINZAINE DE MOTOS B.M.W. ONT AINSI TROUVÉ PRENEUR.

LES PREMIERS

Au XVIIe siècle, Louis XIV, qui souhaite apporter la preuve de la toute-puissance de la France sur mer comme sur terre, nomme Colbert secrétaire d'État à la Marine. C'est Vauban, architecte militaire célèbre pour ses citadelles et fortifications, qui organise les défenses littorales. Il propose d'édifier dans les zones de trafic important des tours de vigie avec fanal pour l'envoi de signaux : ce sont les premiers phares.

Vauban

Un intérêt stratégique de défense

En 1695, Vauban fit construire sur l'île d'Ouessant le phare du Stiff, qui voit passer depuis la plus grande partie du trafic international. C'est à cette époque qu'ont été construits les phares les plus anciens : le cap Fréhel, les Baleines sur l'île de Ré et le phare de l'île de Chassiron, établis pour faciliter et surveiller l'accès des ports militaires de Rochefort et de Cherbourg, où, après Brest, se construisaient les navires de guerre. Sur la Méditerranée, deux phares seront construits à la même époque : Sète et Port-Vendres.

Malgré la construction de nouveaux phares, comme celui de Saint-Mathieu à l'entrée du goulet de Brest, les accidents furent nombreux, coûtant cher en vies humaines et en marchandises perdues.

Les feux n'étaient pas toujours allumés les nuits d'été, ou bien mal entretenus par manque de matériaux ou par négligence (il arrivait parfois que le gardien s'endorme !), ils s'éteignaient en cours de nuit et beaucoup de plaintes parvenaient aux autorités.

Les réflecteurs

Pour l'éclairage des rues de Paris, Tourtille-Sangrain inventa le réverbère, en plaçant un miroir sphérique derrière une lampe à huile. Les avantages (fiabilité d'allumage et entretien beaucoup moins contraignant que le charbon) entraînèrent l'adoption de ce nouveau mode d'éclairage pour de nombreux phares et fanaux. Les lampes étaient disposées sur plusieurs rangées pour augmenter le signal et des panneaux de verre les protégeaient des intempéries. En 1782, le phare de Cordouan fut équipé de 80 lampes, mais les rendements étaient insuffisants et les navigateurs se plaignaient. Lorsque Fresnel a mis au point les lentilles de grandes dimensions, les réflecteurs ont été abandonnés.

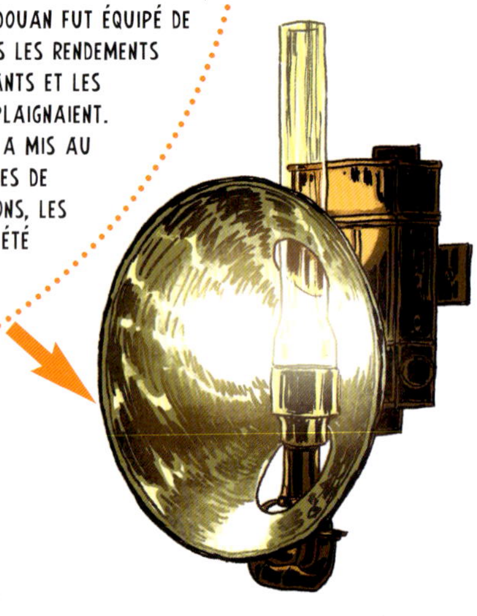

PHARES

LE PHARE D'EDDYSTONE EN 1696, AU SUD DE L'ANGLETERRE, HENRY WINSTANLEY A ENTAMÉ LA CONSTRUCTION D'UN PHARE SUR UN SITE PARTICULIÈREMENT DANGEREUX. POUR SA CONSTRUCTION ET SON ENTRETIEN, IL PERCEVAIT UN DROIT SUR CHAQUE PASSAGE DE NAVIRE. LA PREMIÈRE TOUR, CONSTRUITE EN BOIS, FUT RAPIDEMENT REMPLACÉE PAR UNE DEUXIÈME, EN BOIS ET PIERRE. ELLE S'ÉCROULA À LA PREMIÈRE FORTE TEMPÊTE DE NOVEMBRE 1703, ENTRAÎNANT AVEC ELLE SON ARCHITECTE ET L'ÉQUIPE D'OUVRIERS QUI LA CONSOLIDAIENT. TROIS AUTRES TOURS LUI ONT SUCCÉDÉ SUR CE SITE : L'UNE A BRÛLÉ ET L'AUTRE A DÛ ÊTRE ABANDONNÉE À CAUSE DE L'ÉROSION DU ROCHER. LE PHARE ACTUEL, CINQUIÈME DU NOM, BALISE LES DANGERS D'EDDYSTONE ROCKS FACE À PLYMOUTH DEPUIS 1882.

LE PHARE DU STIFF

LES PREMIERS PHARES DE VAUBAN ÉTAIENT CONSTRUITS SUR UN MÊME PLAN ASSEZ MASSIF : DEUX TOURS ACCOLÉES, L'UNE POUR LES PIÈCES À VIVRE ET LES RÉSERVES, L'AUTRE POUR L'ESCALIER. AU SOMMET, UN FOYER BRÛLAIT AU « CHARBON DE TERRE ». LE CHARBON ÉTAIT HISSÉ À L'AIDE D'UN TREUIL.

Une nouvelle organisation

Afin d'harmoniser les pratiques et rendre plus fiable la signalisation maritime, une nouvelle organisation fut mise en place. À partir de 1792, toutes les aides à la navigation furent regroupées sous l'autorité de la Marine, et en 1806 fut créé le service des Phares et Balises. Enfin, une commission des Phares, composée de scientifiques et de marins, fut constituée pour mettre en place une politique d'« éclairage et balisage des côtes de France ».

Beaucoup d'accidents étaient également dus à une mauvaise appréciation de leur position par les capitaines de navires venant de traverser l'océan. Aussi, pour les aider à se recaler à l'approche des côtes, la Commission fixa en 1825 les principes généraux consistant à signaler l'approche du littoral au moyen de phares aux caractéristiques diversifiées. Ceux-ci, pour éviter toute confusion, devaient avoir des positions et portées lumineuses telles qu'à l'approche de la côte on pouvait en voir au moins un.

CARACTÉRISTIQUES

Dans la seconde moitié du XIXe siècle, la majorité des grands phares ont été construits selon les principes de la commission des Phares. Grâce aux progrès de l'optique et des systèmes d'éclairage, les feux deviennent plus puissants, leur hauteur et leur portée sont augmentées. La découverte de ciments à prise rapide dans un environnement marin permet de les ériger en pleine mer, pour les positionner au plus près des dangers, comme Ar-Men, Kéréon... Ceux qui ne peuvent être rehaussés se voient adjoindre une nouvelle tour.

LA LENTILLE DE FRESNEL

LA LUMIÈRE ISSUE DE LA LAMPE EST REDIRIGÉE DANS UNE MÊME DIRECTION HORIZONTALE PAR LA LENTILLE À ÉCHELONS. LES FAISCEAUX AU-DELÀ DE CETTE PREMIÈRE LENTILLE SONT RÉCUPÉRÉS PAR UNE DEUXIÈME SÉRIE D'ANNEAUX CONCENTRIQUES, LES ANNEAUX CATADIOPTRIQUES.

La lentille de Fresnel

Pour améliorer la portée des phares, la commission des Phares demande à Augustin Fresnel, ingénieur spécialisé dans l'optique et la propagation de la lumière, de travailler sur la puissance des feux. Fresnel propose l'utilisation de loupes de verre à la place de réflecteurs.

Mais les lentilles de grande dimension nécessitent une épaisseur centrale très importante, elles sont très lourdes, difficiles à fabriquer et surtout l'épaisseur absorbe une grande partie de la lumière.

Fresnel fait donc tailler un prototype de lentille en 33 morceaux (une petite lentille centrale et des prismes concentriques tout autour) par un opticien nommé... Soleil.

La première optique composée de 8 lentilles est installée sur le phare de Cordouan en 1823 et les résultats sont impressionnants. La supériorité de ce système est telle que la quasi-totalité des phares sont aujourd'hui équipés de ce type d'optique.

DES PHARES

Identifier un phare

Si, de jour, la reconnaissance des phares était facilitée par la différenciation des formes (tour carrée, ronde) et des couleurs (bandes colorées horizontales ou diagonales), de nuit elle ne fut possible qu'avec la construction de tours jumelles (Hourtin, La Hève), ou la superposition de deux feux (Chassiron).

L'installation des lampes sur des plateaux tournants a permis de rythmer les feux, puis celle de vitres teintées a défini des secteurs colorés. Ce sont les rythmes et couleurs qui permettent aujourd'hui de caractériser un feu avec une quasi-certitude.

ÊTRE AVERTI LE PLUS TÔT POSSIBLE UN NAVIGATEUR ARRIVANT DU LARGE DOIT ÊTRE AVERTI LE PLUS TÔT POSSIBLE DES DANGERS DE LA CÔTE POUR LES ÉVITER : IL FAUT DONC PLACER LES PHARES SUR LES POINTS LES PLUS AVANCÉS (CAPS OU ÎLES) ET LE PLUS HAUT POSSIBLE POUR AUGMENTER LEUR PORTÉE. CES GRANDS PHARES QUE L'ON VOIT EN PREMIER À L'APPROCHE DE LA TERRE SONT DES PHARES D'ATTERRISSAGE. D'AUTRES PHARES DITS DE JALONNEMENT COMPLÈTENT CE DISPOSITIF.

LA CUVE À MERCURE

LE MERCURE EST UN MÉTAL LIQUIDE TELLEMENT DENSE (UN LITRE DE CE MÉTAL A UNE MASSE DE 13,6 KILOS) QUE LE PLATEAU POSÉ DESSUS (QUI PEUT PESER PLUSIEURS TONNES) « FLOTTE ». LES FORCES DE FROTTEMENT DEVIENNENT TRÈS FAIBLES ET LE PLATEAU PEUT ÊTRE MIS EN MOUVEMENT D'UNE SIMPLE POUSSÉE DE LA MAIN. LE MOTEUR ÉLECTRIQUE UTILISÉ POUR LA ROTATION DES PLATEAUX DES GRANDS PHARES NE NÉCESSITE QU'UNE PUISSANCE DE 5 WATTS.

La machine de rotation

Pour faire varier l'intensité lumineuse, on imagine d'installer des réflecteurs sur des plateaux tournants entraînés par un système d'horlogerie. Le rythme ainsi obtenu permet de les différencier. Les systèmes de rotation utilisés jusqu'alors sont basés sur ceux de l'horlogerie, mus par un contrepoids descendant le long de la tour. Mais la mise en rotation des lourds plateaux des optiques de verre et de bronze nécessite l'utilisation d'axes et de roues difficiles à mouvoir. Pour réduire au maximum les pertes dues au frottement des roulements, on imagine alors de les placer sur un bain de mercure.

L'ORGANISATION

Aujourd'hui, la mise en place et l'entretien du système de signalisation mondial sont encadrés par la convention « Solas 74 » (*Safety of life at sea*) de l'Organisation maritime internationale. Les États ayant signé cette convention s'engagent à fournir des aides adaptées aux risques et à l'intensité de la navigation. Cette convention de sauvegarde de la vie humaine en mer reprend les règles relatives à la sécurité, la sûreté et l'exploitation des navires.

En France

Le service des Phares et Balises, créé en 1806, est une administration d'État, dépendant du ministère chargé de la Mer. Il sollicite l'avis de la commission des Phares pour les modifications ou la création des aides à la navigation.

Aujourd'hui, 6 400 aides, dont 120 phares, sont gérées par 775 agents au travers des directions interdépartementales de la mer. Ce service dispose de 5 grands baliseurs et toute une flotte de bateaux de travaux et de vedettes répartie sur l'ensemble du littoral métropolitain et de l'outre-mer.

Harmonisation

Chaque pays, voire chaque port, avait sa propre réglementation, ce qui pouvait provoquer des doutes et des manœuvres malheureuses devant une bouée ou un balisage nouveau.

En 1889, une première tentative d'harmonisation eut lieu lors d'un congrès international. En 1965, les discussions reprirent à l'initiative de

BALISEUR

LE BALISEUR EST UN BATEAU DE TRAVAIL OFFRANT UN FAIBLE TIRANT D'EAU, UNE GRANDE STABILITÉ ET UNE GRANDE MANŒUVRABILITÉ. IL DISPOSE D'UN PONT TRÈS VASTE ET EST CAPABLE D'EMPORTER DES CHARGES LOURDES. IL EST RECONNAISSABLE À SA GRUE DE GRANDE CAPACITÉ AVEC LAQUELLE IL RAVITAILLE LES PHARES EN GAZOLE. LE BALISEUR ASSURE ÉGALEMENT LE TRANSPORT DES MATÉRIAUX DE CONSTRUCTION OU DE RÉPARATION, ET PARTICIPE AUX TRAVAUX DE GRANDE IMPORTANCE.

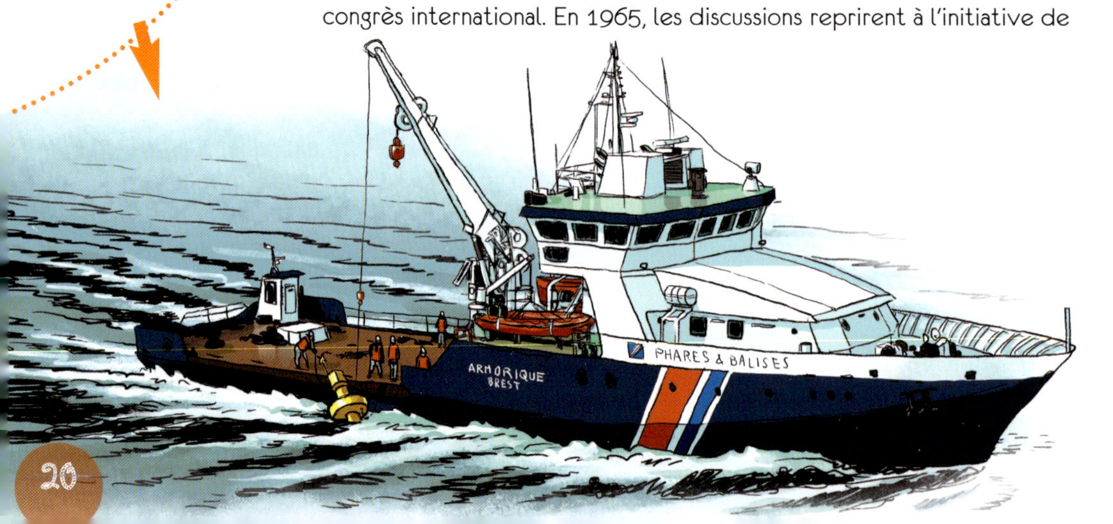

MONDIALE

l'Association internationale de signalisation maritime et jusqu'à 149 systèmes furent répertoriés.

En janvier 1971, le naufrage de 4 navires sur le même site de la Manche décida tous les États à harmoniser la réglementation qui resta cependant basée sur 2 systèmes : le système A en Europe, Afrique et Chine et le système B pour l'Amérique et le Japon. La différence entre ces 2 systèmes porte sur la couleur du balisage latéral : pour rentrer dans un port, en Europe, on laisse les marques de couleur rouge à gauche, alors que dans les pays d'Amérique on les laisse à droite.

Quelques exemples de gestion maritime

CANADA Au Canada, les gardes-côtes sont des civils. Le Saint-Laurent, qui fait plus de 3 000 kilomètres, relie la région des Grands Lacs à l'Atlantique. À partir des années 1870, les chenaux furent balisés par une douzaine de bateaux-phares. Aujourd'hui encore le pilotage est obligatoire. En 1807, le premier phare fut construit sur l'île Verte. 42 autres phares ont ensuite balisé le chenal du Saint-Laurent, dont celui de La Martre, caractéristique par sa couleur rouge. L'hiver, ses eaux gèlent et toutes les bouées sont relevées. Les navires-baliseurs, utilisés pour le ravitaillement des phares, deviennent alors des navires brise-glace.

ANGLETERRE En Angleterre, la signalisation maritime est gérée depuis 1514 par la Trinity House Corporation initiée par Henri VIII. Créée dans un but caritatif pour l'aide aux marins en difficulté, elle s'est vu adjoindre le pilotage des navires et la construction des phares financés par des droits de feux (*lights dues*) payés par les navires, comme cela se faisait en France avant la reprise par l'État de la gestion des phares. Alors que les feux et phares d'entrée de port et d'importance locale sont entretenus par les autorités portuaires, Trinity House gère les feux d'importance nationale.

ÉTATS-UNIS Aux États-Unis, 50 000 aides sont gérées par le corps militaire des gardes-côtes, qui mène également les missions de police maritime et de sécurité. 48 000 autres aides sont privées et soumises à l'agrément et au contrôle des gardes-côtes.

Projection polaire

Chapitre 2

UN PEU
DE TECHNIQUE...

LA NAVIGATION

Kamal

La Boussole

La boussole est un instrument qui indique le nord magnétique, qui est proche du nord géographique. L'aiguille aimantée de la boussole s'aligne sur les lignes du champ magnétique terrestre. Elle fournit une référence, le nord, nécessaire pour la navigation.
Elle fut inventée en Chine mais la date reste floue. On trouve une description de chariot indiquant le sud en 200 avant J.-C., mais la première mention d'un instrument utilisant le magnétisme comme indicateur de direction date de l'an 1000 : il s'agissait d'un poisson magnétique flottant dans un bol d'eau.

Les Polynésiens savaient rejoindre une île se trouvant au-delà de l'horizon. Ils se repéraient en observant les vents, le sens de la houle, le vol des oiseaux, les nuages qui se formaient au-dessus des îles et toute autre observation des phénomènes naturels, ainsi que les astres.

Les premiers instruments

Pour déterminer l'angle formé entre l'horizon et l'astre qu'ils voulaient suivre, les navigateurs arabes inventèrent le kamal, une simple planchette de bois munie de cordelettes. Pour mesurer « la hauteur des astres », les Grecs inventèrent l'astrolabe, beaucoup plus complexe, qu'ils utilisaient également pour l'astrologie. Ces instruments sont les ancêtres du sextant, apparu au XVIIIe siècle.

Avec la boussole, inventée par les Chinois 200 ans avant J.-C., et les avancées techniques dans la construction des chronomètres, tous ces instruments ont permis de sillonner les océans, d'explorer et de dessiner sur des cartes marines les routes maritimes du monde.

Les cartes marines

Aujourd'hui, il serait impensable de prendre la mer sans une carte.

Ces cartes marines font partie des documents nautiques obligatoires à bord des navires, ainsi que le *Livre des feux* et les ouvrages sur les règles de navigation.

Édités par le Service hydrographique et océanographique de la Marine (S.H.O.M.), ces documents retracent toutes les aides, amers, feux, bouées et phares et donnent leurs caractéristiques.

Astrolabe

Sextant

Le mille marin

Un mille marin ou « nautique » est une unité de longueur qui mesure 1 852 mètres (à ne pas confondre avec le mile anglo-saxon, qui mesure 1 609 mètres !). Le mille marin est la longueur correspondant à un arc d'une minute de latitude le long d'un méridien. Le mètre a été défini en 1791 comme la 10 millionième partie d'un quart de méridien et le mille en est la 5 400e partie (90 degrés de 60 minutes).

Identification d'un feu

Le tableau de correspondance entre la hauteur d'un phare et sa portée indique à partir de quelle distance on en voit le sommet. Par exemple, un phare de 50 mètres de haut peut être vu à une distance de 15 milles lorsqu'on est au niveau de la mer.

Pour qu'on l'identifie sans erreur, la « signature » de chaque phare est unique. En face d'un phare inconnu, il faut déterminer rapidement ses caractéristiques : éclats ou occultations, durée du cycle… Celles-ci sont représentées sous forme d'abréviations sur les cartes marines, ou le *Livre des feux*, qui donnent le nom du phare et sa localisation sans aucune confusion possible.

LES ABRÉVIATIONS LE TYPE DE FEU : À ÉCLATS (F. É.), SCINTILLANT (F. SC.), ISOPHASE (F. I.), À OCCULTATIONS (F. O.) / LA COULEUR : VERT (V.), ROUGE (R.), JAUNE (J.) (IL N'Y A PAS D'ABRÉVIATION POUR LE BLANC) / LA PÉRIODE SE COMPTE EN SECONDES (S) (POUR MESURER 2 SECONDES, IL SUFFIT DE DIRE À HAUTE VOIX « 1 HIPPOPOTAME, 2 HIPPOPOTAMES » !) / LA HAUTEUR AU-DESSUS DES PLUS HAUTES EAUX SE COMPTE EN MÈTRES (M) / LA PORTÉE EST INDIQUÉE EN MILLES MARINS (M) / EXEMPLE : F. 2 É. 1 É. (15 S) 20 M 19 M SIGNIFIE FEU BLANC, 2 ÉCLATS PUIS 1 ÉCLAT, PÉRIODE DE 15 SECONDES, HAUTEUR DU FOYER 20 MÈTRES, PORTÉE 19 MILLES.

LA PORTÉE GÉOGRAPHIQUE

LA TERRE EST RONDE, ON S'EN REND COMPTE LORSQU'ON VOIT UN VOILIER S'ÉLOIGNER, IL DISPARAÎT PROGRESSIVEMENT DERRIÈRE L'HORIZON, LA COQUE DISPARAÎT DE LA VUE EN PREMIER, PUIS LES VOILES. POUR UN OBSERVATEUR SITUÉ AU NIVEAU DE LA MER, LA PORTÉE D'UN PHARE EST LIMITÉE PAR SA HAUTEUR.
LA DISTANCE LIMITE À LAQUELLE L'OBSERVATEUR VOIT LE SOMMET DU PHARE S'APPELLE LA PORTÉE GÉOGRAPHIQUE. CETTE PORTÉE EST AUGMENTÉE SI L'OBSERVATEUR EST SITUÉ SUR LE PONT D'UN NAVIRE, ET D'AUTANT PLUS SI CELUI-CI MONTE AU SOMMET DU MÂT, DANS L'EMPLACEMENT RÉSERVÉ À LA VIGIE, LE « NID-DE-PIE ».

LE BALISAGE

Deux types de balisage complètent les phares : le balisage latéral permet de matérialiser un chenal, et le balisage cardinal permet de délimiter une zone à contourner.

LE TRICOT VERT

POUR SE SOUVENIR DE LAISSER LES MARQUES DE COULEUR ROUGE À BÂBORD, IL EXISTE UN MOYEN MNÉMOTECHNIQUE, C'EST LA PHRASE « POURQUOI METTRE 2 BAS SI ROUGES AVEC 1 TRICOT VERT ? » QUI SIGNIFIE : 2 (N° PAIR) BAS (BÂBORD) SI (CYLINDRE) ROUGES, 1 (N° IMPAIR) TRI (TRIBORD) COT (CÔNE) VERT.

Tourelle des Perdrix

Les balises

On peut encore voir, dans les zones de conchyliculture, de simples perches de bois plantées dans la vase pour délimiter les parcs à huîtres. À l'origine, elles permettaient la navigation entre les bancs.

À l'entrée du port de Loctudy, la tourelle des Perdrix, caractéristique avec sa peinture en damier noir et blanc, indique une roche affleurante. Ces petites tours en pierre ont un large diamètre pour pouvoir résister aux vagues.

Cependant, celle du Cordonnier faillit s'écrouler en l'espace d'une tempête.

LE BALISAGE LATÉRAL

EN EUROPE, DANS LE TYPE LATÉRAL, LE ROUGE EST À LAISSER À GAUCHE (BÂBORD) EN APPROCHE DES CÔTES, POUR ENTRER DANS UN PORT OU REMONTER UNE RIVIÈRE : CES MARQUES SONT DOTÉES DE NUMÉROS PAIRS ET LEURS VOYANTS SONT DE FORME CYLINDRIQUE. LE VERT EST À DROITE (TRIBORD), LES MARQUES ONT DES NUMÉROS IMPAIRS ET LEURS VOYANTS SONT DE FORME CONIQUE.

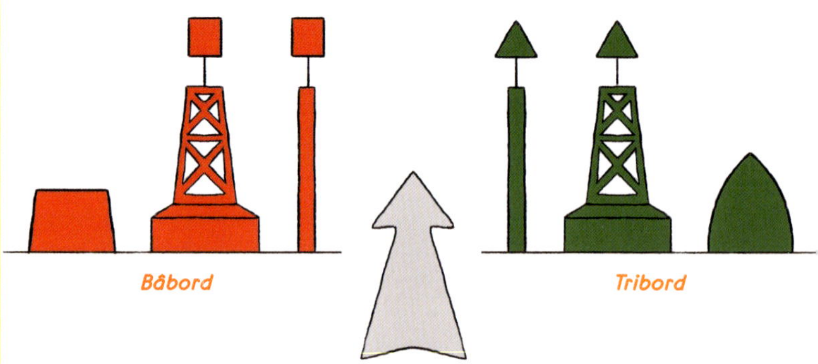

LE BALISAGE CARDINAL

LES MARQUES INDIQUENT LES POINTS CARDINAUX À L'AIDE DES COULEURS JAUNE ET NOIRE. POUR LE NORD, LES VOYANTS TRIANGULAIRES SONT COUPLÉS POUR FORMER UNE DOUBLE FLÈCHE ORIENTÉE VERS LE HAUT, POUR LE SUD C'EST VERS LE BAS. IL EST UTILISÉ PRINCIPALEMENT POUR DÉLIMITER DES ZONES DANGEREUSES, COMME UN ÉCUEIL. IL EST SIMPLE À INTERPRÉTER : QUAND ON VOIT UNE MARQUE FLÉCHÉE VERS LE HAUT, IL FAUT PASSER AU NORD.

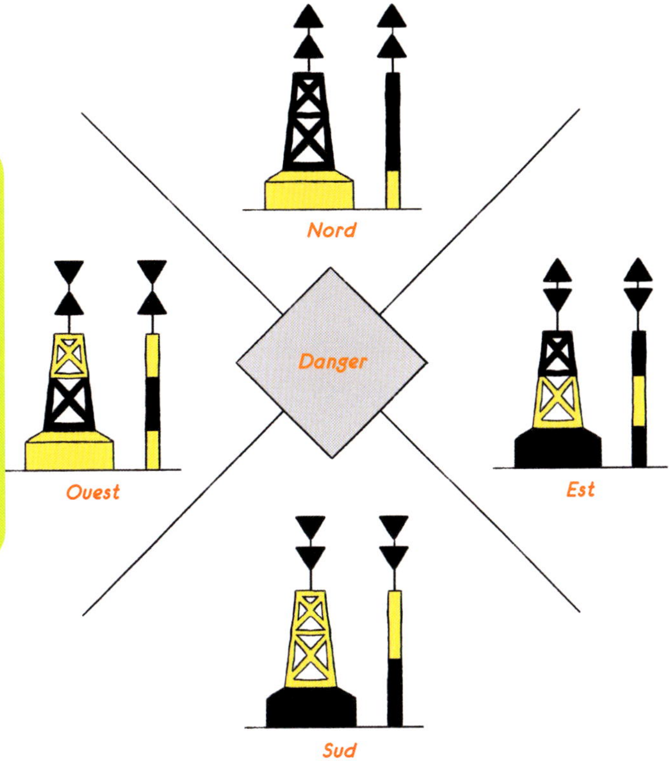

LES AUTRES TYPES DE BALISAGE D'AUTRES TYPES DE BALISAGE SONT UTILISÉS POUR MATÉRIALISER DES DANGERS ISOLÉS, COMME LES ÉPAVES, OU POUR DONNER D'AUTRES INFORMATIONS, COMME DES ZONES INTERDITES.

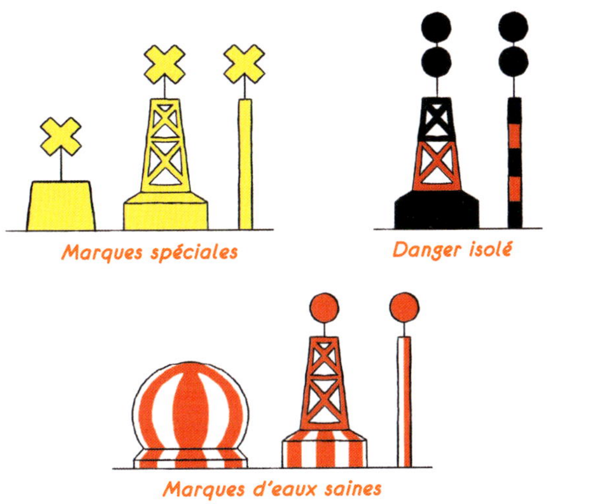

LES MARQUES

Les phares permettent l'approche, mais ne suffisent pas pour rentrer au port. Il faut encore avoir des repères pour emprunter un chenal et, pour compléter les amers, des perches ont été plantées, des tourelles ont été construites, des bouées de formes diverses (cylindre, cône, fuseau) ont été mouillées, puis peintes aux couleurs convenues.

Bateau-feu

Les bateaux-feux

D'une longueur de 25 à 30 mètres, ils étaient généralement utilisés pour baliser les bancs de sable, comme le *Talais*, dans l'estuaire de la Gironde, ou le *Sandettié* et le *Ruytingen*, dans le Pas-de-Calais.

Le caractère changeant des bancs de sable et les difficultés pour construire une tour sur des fonds meubles les ont fait choisir pour le balisage de ces zones. Comme les phares, ils étaient équipés d'une source lumineuse puissante. Pour contrebalancer les mouvements du bateau, l'optique était montée sur un système à la Cardan, ainsi le faisceau lumineux restait horizontal. Ils étaient également équipés d'un signal sonore. L'amarrage devait être soigneusement étudié pour que le navire puisse rester à son poste par tous les temps. Ils étaient armés par des marins dont les conditions de vie en hiver étaient très difficiles. Notamment, en cas de brume, ils devaient supporter le signal sonore et s'attendre à chaque instant à voir un navire sortir de la brume et arriver droit sur eux. Ils ont été remplacés par des bouées géantes, comme celle d'atterrissage du port du Havre, qui fait 12 mètres de diamètre.

DE SIGNALISATION

Les bouées

Pour matérialiser un chenal, les premières bouées utilisées vers 1750 étaient de simples tonneaux. On les a rendues lumineuses, en utilisant pour l'éclairage du pétrole, du gaz puis du propane. Le corps en acier de la bouée servait de réservoir, il fallait le réalimenter en gaz tous les 2 ou 3 mois à l'aide d'une vedette chargée de bouteilles.

Leur poids peut atteindre plusieurs tonnes. Elles sont maintenues en place par une chaîne fixée à un corps mort dont le poids varie de 500 kilogrammes à plus de 5 tonnes en fonction de leur taille et de leur exposition (vagues, courants...).

On a aussi imaginé des bouées à « flotteur immergé », qui ne peuvent être installées que dans des mers sans marée : une perche (ou un tube), maintenue verticalement par un flotteur, est fixée sur le corps mort. C'est ce type de bouée qui a été mis en place pour baliser les bouches de Bonifacio (détroit qui sépare la Corse de la Sardaigne), dans le cadre d'un projet commun de sécurité maritime avec l'Italie. C'est l'une des zones les plus dangereuses de la Méditerranée à cause des écueils et des courants importants. Le 15 février 1855, dans cette zone, le navire de transport de troupes la *Sémillante* fit naufrage avec ses 773 passagers. À la suite de ce naufrage, un phare a été construit sur les îles Lavezzi.

Bouée

LE NAUFRAGE DE L'*AFRIQUE*

PARTI LE 9 JANVIER 1920 DE BORDEAUX POUR LE SÉNÉGAL PAR MAUVAIS TEMPS, LE PAQUEBOT L'*AFRIQUE* FUT OBLIGÉ DE SE DÉROUTER VERS LA ROCHELLE POUR Y FAIRE RÉPARER LES DÉGÂTS OCCASIONNÉS PAR LA TEMPÊTE. PRENANT L'EAU, IL DEVINT DE MOINS EN MOINS MANŒUVRANT ET DÉRIVA VERS LE PLATEAU ROCHEUX DE ROCHEBONNE, À 35 MILLES AU LARGE DE L'ÎLE DE RÉ, DONT LES TÊTES ROCHEUSES AFFLEURENT À MOINS DE 10 MÈTRES. IL ÉVITA LES DEUX PREMIÈRES TÊTES DE ROCHE, MAIS NE PUT ÉVITER LE BATEAU-FEU DE ROCHEBONNE QU'IL HEURTA À PLUSIEURS REPRISES, CE QUI AGRANDIT LES VOIES D'EAU. IL COULA EN EMPORTANT AVEC LUI PLUS DE 550 PERSONNES.

LES SIGNAUX SONORES PAR TEMPS DE BRUME, LES AIDES VISUELLES ÉTANT INEFFICACES, ON CRÉA DES « CORNES DE BRUME » GÉANTES EN UTILISANT LES MOUVEMENTS DE LA HOULE. LE ROULIS (BASCULEMENT HORIZONTAL) AGITAIT LE BATTANT DES CLOCHES ET LE PILONNEMENT (MOUVEMENT ALTERNATIF VERTICAL) METTAIT EN PRESSION L'AIR EMPRISONNÉ DANS LE CORPS DES BOUÉES, PROVOQUANT LE SOUFFLE DES « SIFFLETS ». CE SON ÉTAIT PÉNIBLE POUR LES GARDIENS QUI LE SUBISSAIENT PARFOIS TOUTES LES 10 OU 20 SECONDES PENDANT PLUSIEURS JOURS. MAIS LE NIVEAU SONORE, AUDIBLE À UNE DIZAINE DE KILOMÈTRES, ÉTANT TRÈS DÉPENDANT DE LA DIRECTION DU VENT ET SON ORIENTATION TRÈS DIFFICILE À IDENTIFIER, ON ABANDONNA CETTE MÉTHODE. SI CERTAINES BOUÉES SONT ENCORE ÉQUIPÉES DE SIFFLET OU DE CLOCHE, C'EST POUR LEUR ATTRIBUER UN CARACTÈRE SUPPLÉMENTAIRE. LES BOUÉES D'ATTERRISSAGE, PAR EXEMPLE, SONT SOUVENT ÉQUIPÉES D'UN SIGNAL SONORE.

LES SOURCES

Pour qu'une source lumineuse soit visible de loin, il faut qu'elle soit élevée et puissante. Les techniques de construction limitant la hauteur des phares, il a fallu augmenter leur puissance lumineuse. Une lampe de quelques dizaines de watts se voit maintenant à plusieurs milles nautiques.

Le charbon

Pour alimenter les feux, on a utilisé d'abord du bois, puis du charbon de bois. Le feu brûlait dans un support en fer pour protéger la pierre de la chaleur. On en consommait de 100 à 300 kilos par nuit, qu'on montait au sommet de la tour à l'aide d'un treuil. Mais le rendement était faible, la projection d'escarbilles et la chaleur dégagée étaient dangereuses. Nettoyer le foyer de ses cendres était pénible, et le charbon était si cher que les feux n'étaient allumés qu'en hiver. Très vite il fallut trouver d'autres méthodes.

Les lampes à huile et les réflecteurs

À partir de 1760, de nombreux phares et fanaux sont équipés des mêmes réverbères que ceux qui éclairent les rues de Paris, mis au point par Tourtille-Sangrain, plus fiables, et dont l'entretien était moins contraignant. Les lampes étaient disposées sur plusieurs rangées pour augmenter le signal et des panneaux de verre les protégeaient des intempéries. Mais les rendements étaient insuffisants et les navigateurs se plaignaient.

Joseph Teulère proposa alors d'utiliser des mèches en forme de cylindre, plus performantes, et des réflecteurs de forme parabolique pour mieux concentrer les rayons de la mèche. Cette forme équipe encore aujourd'hui les phares des voitures.

On brûlait toutes sortes d'huiles : d'abord celle de baleine, dite blanc de baleine, puis, devant les difficultés de la chasse à la baleine, l'huile de poisson, de colza, d'olive avec plus ou moins de succès. Selon les arrivages, l'huile pouvait ne pas être purifiée, ce qui encrassait les vitres et réduisait grandement l'efficacité des lampes.

L'ÉNERGIE ÉOLIENNE

À LA DEMANDE DES PHARES ET BALISES, DES ÉOLIENNES ONT ÉTÉ INSTALLÉES POUR ÉQUIPER DES FEUX ISOLÉS. L'HÉLICE EST MISE EN ROTATION PAR LA FORCE DU VENT ET ENTRAÎNE UNE GÉNÉRATRICE ÉLECTRIQUE. LA PUISSANCE OBTENUE PERMET D'ALIMENTER LES FEUX SUR TOURELLES ET DE GRANDS PHARES COMME CELUI DE L'ÎLE AUX MOINES (SEPT-ÎLES), AU LARGE DE PERROS-GUIREC. L'ÉLECTRICITÉ PRODUITE EST STOCKÉE DANS DES BATTERIES POUR CONTINUER À FAIRE FONCTIONNER LE FEU EN L'ABSENCE DE VENT.

LES DIODES ÉLECTROLUMINESCENTES LES DIODES ÉLECTROLUMINESCENTES (L.E.D.) REMPLACENT PETIT À PETIT LES LAMPES AUX HALOGÈNES DANS LES BOUÉES LUMINEUSES ET LES FEUX DE FAIBLE IMPORTANCE. LES L.E.D. ONT UNE PUISSANCE DE 1 WATT, DES L.E.D. DE 10 WATTS SONT EN COURS DE DÉVELOPPEMENT, ET UNE SEULE SUFFIT POUR ÉQUIPER LES FEUX DES BOUÉES. UNE OPTIQUE EN PLASTIQUE MOULÉ, EN FORME DE LENTILLE DE FRESNEL, SPÉCIALEMENT ADAPTÉE À LA PETITE TAILLE D'UNE L.E.D., AUGMENTE L'INTENSITÉ LUMINEUSE ET PERMET D'ATTEINDRE LA PORTÉE DES FEUX À LAMPE CLASSIQUE POUR UNE CONSOMMATION NETTEMENT MOINS IMPORTANTE.

LUMINEUSES

Le gaz de pétrole

Vers 1865, le pétrole remplaça les huiles animales ou végétales utilisées jusqu'alors. On brûlait la vapeur que le pétrole dégageait quand il était chauffé. Le gaz obtenu était comprimé et venait brûler sur un manchon qui, porté à incandescence, émettait une lumière correspondant à une ampoule de 200 watts, beaucoup plus vive que les lampes à huile utilisées jusqu'alors. Cette source d'énergie était la plus couramment utilisée dans les phares isolés en mer, jusqu'à l'électrification du dernier phare équipé de ce système en 1990. Mais elle nécessitait une demi-heure de préparation avant l'allumage du phare et elle imposait également une surveillance constante des réglages au cours de la nuit.

L'électricité

La majorité des phares étant trop éloignés des réseaux de distribution électrique, l'énergie devait être produite sur place par des génératrices entraînées par des machines à vapeur qui alimentaient des lampes à arc. Ce procédé était efficace, mais coûteux et difficile d'entretien. Aussi, en 1890, seuls une douzaine de phares étaient électrifiés. 30 ans plus tard, avec l'apparition des ampoules à filament et des groupes électrogènes diesels, l'électricité put éclairer l'ensemble des phares.

Les lampes à incandescence des phares diffèrent un peu de celles du commerce. Ce sont le plus souvent des lampes halogènes à basse tension (24 volts) qui, à intensité lumineuse égale, consomment moins. Pour les phares les plus puissants, des lampes à arc au xénon ont été utilisées. Le phare du Créac'h à Ouessant a été doté jusqu'en 1996 de 4 lampes de ce type qui portait sa puissance lumineuse à 500 millions de candelas.

L'ÉNERGIE SOLAIRE

LES PANNEAUX SOLAIRES (OU PHOTOVOLTAÏQUES) CONVERTISSENT L'ÉNERGIE SOLAIRE EN ÉLECTRICITÉ QUI RECHARGE DES BATTERIES LE JOUR. LA NUIT, ELLES ALIMENTENT LA SOURCE LUMINEUSE ET LE SYSTÈME ÉLECTRONIQUE DE CONTRÔLE. LE NOMBRE DE PANNEAUX ET DE BATTERIES NÉCESSAIRES EST CALCULÉ POUR QUE LE FEU PUISSE FONCTIONNER PLUSIEURS NUITS DANS DES CONDITIONS DIFFICILES. INITIALEMENT DÉVELOPPÉE POUR LES BOUÉES, CETTE TECHNOLOGIE EST UTILISÉE AVEC SUCCÈS SUR DES FEUX DE PLUS EN PLUS PUISSANTS. ELLE ÉQUIPE AUJOURD'HUI DES PHARES AUSSI GRANDS QUE CELUI DE LA PIETRA, SUR L'ÎLE ROUSSE, EN CORSE.

Port du Havre

VISITE

La majorité des phares présentent un rythme à éclats (temps de lumière inférieur au temps d'obscurité), obtenu par une optique tournante. Certains sont des phares à occultations (temps de lumière supérieur au temps d'obscurité). Mais un phare, c'est plus qu'un faisceau lumineux visible de très loin...

LE GARDIEN DU PHARE AIMAIT TROP LES OISEAUX

COMME DANS LE POÈME DE PRÉVERT, LES OISEAUX SONT ATTIRÉS PAR LA LUMIÈRE DES PHARES. LA PUISSANCE DU FEU LES AVEUGLE ET ILS PEUVENT S'ASSOMMER SUR LES VITRES DE LA LANTERNE. LA MISE EN PLACE D'UN GRILLAGE AUTOUR D'ELLE PEUT ALORS LEUR ÉVITER DE SE BLESSER. SUR LES PHARES TRÈS PUISSANTS, UN SYSTÈME D'ÉCLAIRAGE DU SOMMET PEUT ÊTRE MIS EN PLACE, COMME DEPUIS 1987 AU CRÉAC'H, POUR ÉVITER AUX OISEAUX DE S'Y HEURTER.

La structure d'un phare

Un phare à terre est une simple tour dont l'intérieur est occupé par l'escalier en colimaçon. Au dernier niveau se trouve la lanterne qui abrite l'optique et la source lumineuse et, en dessous, la chambre de veille, dans laquelle le gardien prenait son service. Les magasins, les salles techniques et les habitations sont regroupés dans des bâtiments au pied du phare.

Dans un phare en mer, les salles techniques et les pièces à vivre doivent cohabiter dans la tour. Pour qu'elles soient d'un volume suffisant, il faut augmenter le diamètre de la tour et réduire l'espace de l'escalier. Dans le phare des Héaux sur l'île de Bréhat par exemple, le vide intérieur est porté à un peu plus de 4 mètres, ce qui dégage un espace suffisant pour des pièces convenables. Au premier niveau, on trouve les magasins, puis la cuisine, les chambres et, au sommet, on trouve la chambre de veille et la lanterne.

D'UN PHARE

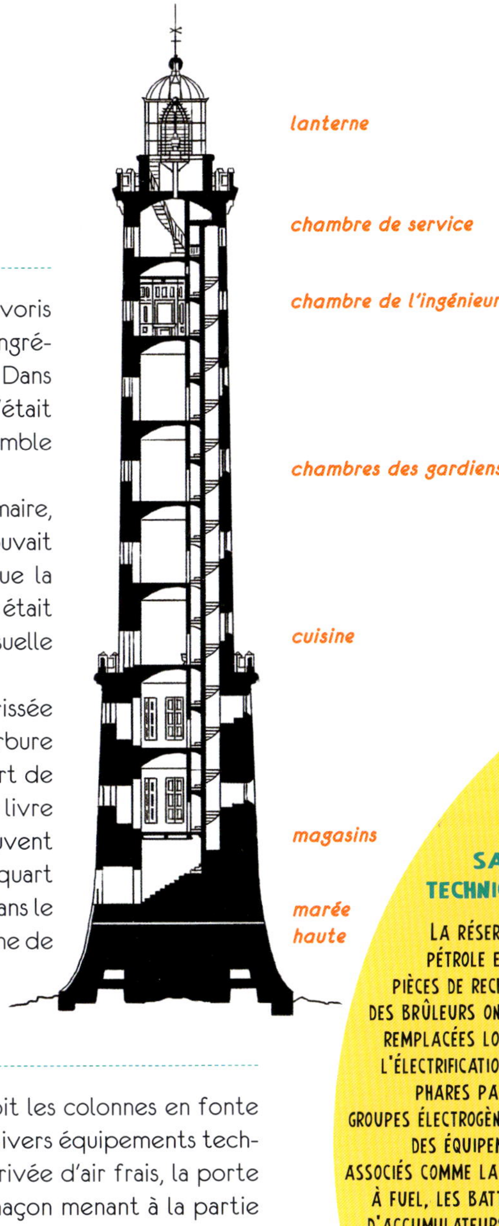

Les pièces d'habitation

Pendant les périodes de repos, un des loisirs favoris des gardiens de phares était la cuisine, où les ingrédients issus de la mer avaient une bonne place. Dans les phares en mer où l'espace était compté, c'était aussi l'endroit où ils pouvaient se retrouver ensemble en dehors des périodes de travail.

Les chambres étaient meublées de façon sommaire, le gardien-chef avait sa chambre attitrée où il pouvait apporter quelques objets personnels. Lorsque la place le permettait, une chambre plus élégante était réservée à l'ingénieur qui faisait la tournée mensuelle des phares.

Juste sous la lanterne, une petite salle lambrissée équipée d'un lit et d'un bureau adaptés à la courbure des murs accueillait le gardien pendant le quart de nuit de veille du feu. Après avoir renseigné le livre du phare sur les détails de l'allumage du feu, souvent il lisait, mais il lui arrivait parfois de dormir un quart d'heure, sachant que la moindre modification dans le bruit du brûleur ou dans le cliquetis de la machine de rotation le réveillerait immédiatement.

La lanterne

Elle comporte 2 niveaux : au premier, on voit les colonnes en fonte supportant l'optique, la machine de rotation, divers équipements techniques, les ouvertures de ventilation pour l'arrivée d'air frais, la porte de la galerie extérieure et l'escalier en colimaçon menant à la partie supérieure, la lanterne proprement dite, complètement vitrée, qui abrite l'optique et sa lampe. Une coupole demi-sphérique coiffe le tout. La chaleur dégagée par le foyer est extraite par une ouverture au sommet de la coupole.

À l'extérieur, une galerie fait le tour de la lanterne. De là, les gardiens veillaient sur les autres phares et bouées visibles et alertaient le Service si un feu était défaillant. Les vitres extérieures de la lanterne étaient nettoyées à partir de la galerie. On voit au-dessus des vitrages les ornements de la coupole, en feuilles d'acanthe, et les gueules de lion pour l'évacuation de l'eau.

LA SALLE TECHNIQUE

LA RÉSERVE DE PÉTROLE ET LES PIÈCES DE RECHANGE DES BRÛLEURS ONT ÉTÉ REMPLACÉES LORS DE L'ÉLECTRIFICATION DES PHARES PAR DES GROUPES ÉLECTROGÈNES ET DES ÉQUIPEMENTS ASSOCIÉS COMME LA CUVE À FUEL, LES BATTERIES D'ACCUMULATEURS, LES ARMOIRES DE CONTRÔLE, QU'IL A FALLU INTÉGRER DANS LES ESPACES DISPONIBLES DU PHARE. ILS OCCUPENT MAINTENANT LES ANCIENS MAGASINS.

CHAPITRE 3

LES HOMMES ET L'AVENIR DES PHARES

LES MÉTIERS DU BALISAGE

Si la corporation des gardiens de phare est la plus connue, d'autres professions établissent et entretiennent la signalisation maritime. Une organisation a été mise en place et regroupée dans des centres de balisage répartis sur tout le littoral.

Les métiers

La mise en œuvre et la maintenance sont effectuées par des ouvriers de toutes spécialités : maçons, chaudronniers, soudeurs, électriciens, électriciens radio, menuisiers, mécaniciens, plombiers. De nouveaux métiers ont émergé avec l'évolution des technologies, comme spécialistes en énergie solaire ou éolienne, en électronique, en matériaux composites.

Dans les centres de balisage, on trouve aussi des marins qui assurent la conduite des navires baliseurs, bateaux de travaux et vedettes. Ils participent également aux travaux de maintenance et d'entretien des aides à la navigation. Ils sont particulièrement sollicités pour la relève des phares et leur ravitaillement, pour l'entretien des tourelles et la relève ou la mise en place des bouées.

Salle de contrôle

Les moyens

Les moyens nautiques à la disposition des Phares et Balises ont été renouvelés récemment. 5 grands baliseurs sont armés sur les côtes de la métropole, des bateaux de travaux et des vedettes complètent la flotte de balisage. Les baliseurs sont utilisés principalement pour la relève et le mouillage des bouées.

Avec leur faible tirant d'eau, les bateaux de travaux peuvent arriver au plus près des tourelles et des écueils pour l'entretien des aides difficiles d'accès. Les vedettes qui servaient aux relèves des phares sont maintenant utilisées pour le transport des agents sur leur lieu de travail et pour l'entretien courant des aides, bouées, tourelles et phares.

Relève par hélitreuillage

La maintenance

Des opérations de maintenance sont menées 1 à 2 fois par an sur tout le parc de balisage pour vérifier et tester les équipements. Les travaux sont réalisés immédiatement ou programmés pour la visite suivante. Depuis la disparition des gardiens, l'entretien et la maintenance des phares en mer ont nécessité un renouvellement total des pratiques. Pour éviter les pannes, il a donc fallu mettre en place des technologies économes en énergie, recourir à l'énergie solaire ou éolienne, doubler, voire tripler les équipements pour prendre la relève en cas de panne, car le seul moyen d'accès rapide est l'hélicoptère de la protection civile, mettre en place des systèmes performants de télésurveillance et de télécommande et renforcer la protection des accès pour éviter le vandalisme.

Si une panne ne peut être réparée dans la journée, on envoie alors un avis urgent aux navigateurs, diffusé à la radio et au travers des systèmes automatiques de diffusion d'information nautique.

LE SAUT DE BOUÉE

POUR LA MAINTENANCE DU FEU D'UNE BOUÉE, LE BATEAU S'EN APPROCHE AU PLUS PRÈS, MAIS LA HOULE FAISANT BOUGER LA BOUÉE DIFFÉREMMENT DU BATEAU, IL FAUT SAUTER SUR ELLE EN ANTICIPANT SES MOUVEMENTS. C'EST UN EXERCICE DIFFICILE QUI NÉCESSITE UNE GRANDE HABILETÉ.

Bâteau de travail

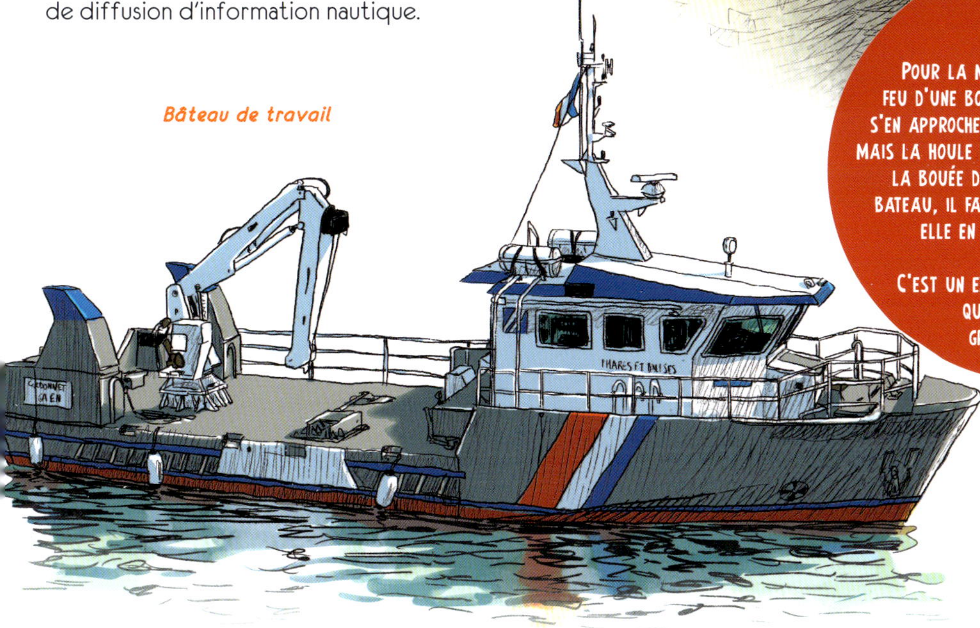

UNE JOURNÉE

Pendant 200 ans, le métier de gardien de phare a été organisé, administré, formaté, pour répondre aux exigences de sécurité demandées par le développement de la navigation de commerce. Les ermites et autres moines laissent la place à l'Administration et à son organisation.

Le métier de gardien de phare

Autrefois, ils étaient les employés de sociétés privées qui avaient soumissionné pour l'entretien des feux et la fourniture des matériaux et combustibles. C'est en 1850 qu'ils sont devenus fonctionnaires. Ils portaient un uniforme, dont une casquette ornée d'une étoile représentant la lumière du phare.

On entrait parfois de père en fils « au service des phares ». On les recrutait localement, c'étaient souvent des marins ou enfants de marins. Les critères tournaient principalement autour de leur capacité à écrire, leur capacité à se débrouiller dans des situations délicates, leur tempérament sociable pour supporter de vivre dans un espace réduit avec un autre individu et leur absence de penchant pour le vin. Les gardiens devaient savoir lire, et écrire, et avoir des notions d'arithmétique. Pour professionnaliser ce métier, une école fut créée à Brest. Il fallait que les gardiens sachent retracer l'activité de la journée, noter la consommation de combustible, faire des rapports sur les incidents et formuler leurs demandes auprès de l'Administration. Les techniques évoluant, il devint également nécessaire de former les futurs gardiens aux nouvelles techniques.

Les cadences

Les séjours des gardiens dans un phare en mer étaient réglés selon le rythme de 42 jours au phare et 14 jours en repos à terre. 2 ou 3 gardiens, selon l'importance du phare, y séjournaient ensemble pour assurer la surveillance du feu, l'entretien du matériel et les locaux.

Les relèves avaient lieu tous les 14 jours mais, lorsque le temps était trop mauvais, la relève était annulée et il fallait attendre 2 semaines de plus. Il est arrivé plus d'une fois que des gardiens restent 3 mois avant de retourner à terre.

Plus récemment, les rotations au phare étaient basées sur un cycle de 5 semaines : 3 gardiens étaient de service 15 jours au phare, 8 jours à

LES NAUFRAGÉS DE LA VIEILLE Après la Première Guerre mondiale, une loi imposa aux administrations d'accueillir des mutilés de guerre sur les postes « réservés ». Le Service des phares offrit donc 2 postes de gardien au phare de la Vieille à messieurs Mandolini et Terracci. L'un avait perdu l'usage d'un bras par un éclat d'obus, l'autre avait une balle dans le corps qu'on n'avait pu extraire. Montés au phare le 2 décembre 1925, on ne put les relever que le 26 février 1926, le temps étant trop mauvais et les courants trop violents, d'autant qu'avec leur handicap ils ne pouvaient manœuvrer le cartahu. On pouvait les apercevoir sur la plate-forme, « noirs comme des démons et les vêtements en lambeaux ». Ils avaient hissé le drapeau noir, signe de détresse. Ils n'étaient plus capables d'allumer le feu qui s'éteignait souvent. On pense que ce fut la cause du naufrage de la goélette paimpolaise *La Surprise*. Enfin, le bateau-ravitailleur put s'approcher du pied du phare, un filin être fixé entre les 2 et le Gardien-chef Kerninon, accompagné d'un mousse, put rejoindre le phare accroché au milieu des vagues. Les 2 prisonniers prirent le bain en sens inverse et purent ainsi être sauvés. Par la suite, les candidats gardiens de phares durent être en bonne condition physique et savoir nager pour pouvoir prétendre à un poste.

DANS UN PHARE

terre, 8 jours au phare, 8 jours à terre. Ce rythme permettait, avec des relèves toutes les semaines, d'éviter que 2 gardiens ne se retrouvent 15 jours ensemble au phare.

Les gardiens du temps

Bien que le phare ne soit allumé que de nuit, le travail ne manquait pas. Il était réglé par quarts de 6 heures, généralement de 19 heures à 1 heure du matin, de 1 à 7 heures, de 7 à 13 heures et de 13 à 19 heures. Ce temps était consacré à l'allumage du feu et à sa surveillance, l'entretien de l'optique, l'entretien des pièces, les réparations, la rédaction des détails de la journée dans le livre du phare (heure d'allumage, météo, consommation de carburant, incidents... la traçabilité avant l'heure), la pêche, la cuisine, le repos, la lecture et le sommeil. Chacun des gardiens assurait ces tâches à son tour.

L'heure de la relève était imposée par la marée, les phares devaient être allumés à des horaires bien précis en fonction du coucher du soleil, la rotation du phare devait être contrôlée avec précision pour que le rythme des éclats soit conforme aux caractéristiques nautiques, les communications radio avec la terre devaient être établies à heures fixes.

La relève

La relève des phares en mer pouvait être difficile. La configuration de certains phares ne permettant pas d'aborder en sécurité à la base, on utilisait pour y monter le système du ballon : la vedette se positionnait face au courant et au phare, un filin, le cartahu, était tendu entre les 2 et permettait de treuiller les gardiens assis sur une planchette (à l'origine un ballon).

On montait d'abord les vivres. Au cas où les opérations de relève ne pouvaient pas être poursuivies, les gardiens bloqués au phare auraient au moins des vivres pour rester 1 ou 2 semaines de plus. Le gardien montant apportait les journaux et les nouvelles de la terre, tandis qu'il recevait du gardien descendant les consignes de surveillance particulière à apporter à l'équipement, les éventuels incidents qui avaient pu se produire. Ils se rencontraient dans la cuisine, le seul endroit de vie commune du phare. Le temps était limité, car la vedette de la relève ne pouvait pas rester longtemps au pied du phare, la marée « n'attendant pas »...

ENFER OU PARADIS ?

ON A CLASSÉ LES PHARES SELON LEUR IMPORTANCE. ON PEUT AUSSI LES CLASSER SELON LEURS CARACTÉRISTIQUES TECHNIQUES OU ARCHITECTURALES, LEUR PORTÉE, LEUR COULEUR, MAIS LES GARDIENS, EUX, LES ONT CLASSÉS SELON D'AUTRES CRITÈRES. ILS LES ONT RÉPARTIS EN TROIS GROUPES : L'ENFER, LE PURGATOIRE ET LE PARADIS. LES PHARES EN MER FONT PARTIE DE L'ENFER, LES PHARES BÂTIS SUR LES ÎLES HABITÉES SONT AU PURGATOIRE ET LES PHARES À TERRE AU PARADIS, SOUVENT RÉSERVÉ AUX GARDIENS EN FIN DE CARRIÈRE. DANS CES DERNIERS ÉTABLISSEMENTS, L'ÉPOUSE DU GARDIEN, QUI LE SECONDAIT, ÉTAIT SOUVENT NOMMÉE AUXILIAIRE ET LES VISITES DE TOURISTES ÉTANT AUTORISÉES, LE SALAIRE ÉTAIT AMÉLIORÉ PAR LES POURBOIRES QUE LES VISITEURS DONNAIENT VOLONTIERS EN ÉCHANGE D'UNE BELLE VUE ET DE QUELQUES HISTOIRES DE GARDIENS.

Rien n'est plus rassurant qu'un phare

Les navires de petite pêche et surtout de plaisance ne disposant pas toujours d'équipements perfectionnés, ils ont donc toujours besoin des phares et des feux en complément de leur système de géopositionnement. Les plus grands navires, même si les grands phares ne leur sont plus utiles, ont cependant besoin des feux (comme l'alignement de feux de jour facilitant l'accès au port du Havre) et on ne peut concevoir rien d'aussi efficace que des feux pour permettre aux navires de passer entre les jetées qui ferment un port.

L'automatisation des phares, leur fonctionnement sans présence humaine, l'apparition de nouvelles techniques comme le G.P.S. ont fait croire à la disparition des phares. On s'aperçoit que ces nouveaux systèmes fonctionnent en complément des systèmes de balisage actuels sans s'y substituer, et contribuent à mieux sécuriser la navigation maritime.

Les derniers gardiens

Depuis longtemps, les phares situés dans les zones inhospitalières ont été automatisés pour éviter de laisser des hommes dans des sites isolés et dangereux. Mais les conditions difficiles de certains sites ont également amené l'automatisation de phares fonctionnant avec gardien.

En 1880 déjà existaient aux États-Unis des feux automatiques fonctionnant sans intervention humaine pendant plusieurs jours. Les recherches sur l'automatisation n'étaient pas uniquement portées par des préoccupations de confort des gardiens, mais également de réduction de personnel.

En 1968, le premier feu automatisé officiel fut celui de la digue Carnot sur le port de Boulogne-sur-Mer. Cette digue longue de 3,25 kilomètres, qui protège la rade, est inaccessible par gros temps, les vagues la submergeant. Ce feu était donc contrôlé à distance.

Aujourd'hui, tous les phares sont automatisés et fonctionnent sans gardien, sauf le phare de Cordouan, qui sera déserté par les siens fin juin 2012. Ils seront remplacés par des agents de l'institution chargée de la mise en valeur de l'estuaire de la Gironde, spécialement formés pour assurer les visites.

L'AUTOMATISATION

Le géopositionnement

Le G.P.S. américain (*Global Positioning System*), imaginé en 1968 pour des besoins strictement militaires, a révolutionné les pratiques de navigation. À l'origine dégradé pour ne pas être utilisé à des fins contraires aux intérêts des U.S.A., ses limitations furent ensuite supprimées. Sa précision étant de l'ordre de 25 mètres, il améliore la navigation à l'approche des côtes. Mais il peut ne pas suffire (chenal étroit, par exemple). Aussi, les systèmes traditionnels sont encore largement utilisés. D'autres gouvernements ont lancé leurs propres programmes de positionnement par satellites (Glonass pour la Russie par exemple).

Galileo est le système européen. Il sera opérationnel en 2014 et permettra une précision inférieure à 5 mètres. Contrairement aux autres, sa gestion sera sous contrôle civil. Il fournira 5 services selon les utilisateurs, et en particulier un service de recherche et de secours pour la détection des balises de détresse déclenchées en cas d'accident maritime ou aérien. L'Union européenne et l'Agence spatiale européenne en sont les parents.

L'A.I.S. (*Automatic Identification System*) a été conçu pour éviter les abordages entre les navires, chaque bateau émettant un signal automatique par radio V.H.F. qui informe sur sa direction et sa vitesse. Des tests sont actuellement en cours sur une quarantaine de bouées pour permettre aux navires de les localiser et de reconnaître leurs caractéristiques même sans visibilité. Une possibilité intéressante serait de créer des marques de manière virtuelle, notamment dans le cas d'une épave nouvelle à baliser.

UN PHARE CONÇU SANS GARDIEN

LE PHARE DE NIVIDIC, À 900 MÈTRES AU LARGE DE L'ÎLE D'OUESSANT, A ÉTÉ CONÇU POUR FONCTIONNER SANS GARDIEN. C'EST UNE TOUR EN BÉTON CONSTRUITE EN 1936. SON CÂBLE D'ALIMENTATION ÉLECTRIQUE, EN PROVENANCE DES GROUPES ÉLECTROGÈNES DU PHARE DU CRÉAC'H, ÉTAIT SUPPORTÉ PAR DEUX PYLÔNES INTERMÉDIAIRES. LES ÉQUIPEMENTS ÉTAIENT TÉLÉCOMMANDÉS DEPUIS LE PHARE DU CRÉAC'H. UN TÉLÉPHÉRIQUE PERMETTAIT DE LE RELIER POUR SON ENTRETIEN. EN 1950, LE CÂBLE SE ROMPIT ET N'A JAMAIS ÉTÉ RÉPARÉ. SON FEU, ALIMENTÉ AU GAZ DEPUIS 1953, FONCTIONNE AUJOURD'HUI À L'ÉNERGIE SOLAIRE.

QUE FAIRE DES PHARES ?

Si la fonction initiale d'aide à la navigation des phares s'est réduite avec l'apparition des systèmes de positionnement par satellites et leur développement, ils font partie du patrimoine et personne ne pense à les abandonner. Des conventions avec des associations, des communes ou des collectivités permettent depuis longtemps d'organiser des visites et d'assurer l'entretien des bâtiments annexes devenus inutiles pour la navigation.

Les phares classés en 2010

Du nord au sud : phare de Calais, phare du Risban à Dunkerque, phare de la Canche au Touquet.
Phare de Fatouville en Normandie.
En Bretagne, phare des Héaux à Bréhat, l'actuel et l'ancien phare du cap Fréhel, phare de Pontusval à Brignogan, les phares du Créac'h et du Stiff à Ouessant, le phare d'Eckmühl et l'ancien phare sur la commune de Penmarc'h, l'actuel et l'ancien phare de l'île Vierge à Plouguerneau, le phare de Saint-Mathieu à Plougonvelin et le Grand Phare de Bangor à Belle-Île.
En Corse, phare de la Giraglia sur la commune d'Ersa.

Le Conservatoire du littoral

Créé en 1975, celui-ci a pour mission la protection définitive des espaces naturels et des paysages sur les rivages maritimes, les estuaires et les lacs.

Il achète pour le compte de l'État des terrains fragiles ou menacés. Après avoir fait les travaux de remise en état nécessaires, il en confie la gestion aux communes, aux collectivités locales, à des associations pour qu'elles en assurent la gestion dans le respect des orientations arrêtées.

Avec l'aide de spécialistes, il détermine la manière dont doivent être aménagés et gérés les sites qu'il a acquis pour que la nature y soit aussi belle et riche que possible et définit les utilisations, notamment agricoles et de loisir, compatibles avec ces objectifs.

Au 1er janvier 2011, le Conservatoire assurait la protection de 138 000 hectares sur 600 sites, représentant 1 200 kilomètres de rivages.

Le patrimoine

Le 22 novembre 2010, 17 phares ont été classés monuments historiques. Ces 17 phares ont rejoint le seul phare classé jusqu'alors en 1862, celui de Cordouan (en même temps que Notre-Dame de Paris).

Actuellement ne sont classés que des phares à terre, mais il est prévu qu'un classement ultérieur prenne en compte les phares marins. C'est un signe encourageant pour l'avenir de ces bâtiments qui font partie du patrimoine, pour les terriens comme pour les marins, et qui continuent, à côté des systèmes de haute technologie, à participer à la sécurité maritime.

Les phares dans la littérature et le cinéma À l'extérieur, l'immensité de la mer et la violence de la tempête, l'univers clos et oppressant de l'intérieur du phare, tout est réuni pour laisser l'imagination s'emballer. Mais les résultats ne sont pas toujours bons : si *Le Phare de la peur*, *Le Phare de l'angoisse*, *Le Bateau phare* n'ont pas marqué l'histoire du cinéma, *L'Équipier* de Philippe Lioret (2004) a décroché 3 nominations aux Césars et *Shutter Island*, film de Martin Scorsese (2010) adapté d'un roman de Dennis Lehane, a connu un vif succès. Dans la littérature, le phare a inspiré les poètes (Jacques Prévert, Louis Le Cunff). Il a inspiré également les auteurs de romans noirs avec *Le Gardien fou*, *Le Naufragé*, *Le Sauveteur héroïque*. Les auteurs de B.D. ne sont pas en reste ! À voir le site http://www.phares-bd.com. Les livres à lire : Jules Verne, *Le Phare du bout du monde* ; Rachilde, *La Tour d'amour* ; Henri Queffélec, *Un Feu s'allume sur la mer* (sur la construction d'Ar-Men) ; Jean-Pierre Abraham, *Armen* (Jean-Pierre Abraham fut gardien à Ar-Men de 1959 à 1964) ; Anatole Le Braz, *Le Gardien du feu*, et son adaptation en B.D. (2009) par Debois et Mouclier.

CARTE DE FRANCE DES PHARES

Sur les 120 phares de France en activité, seuls 16 sont décrits ici. Ils ont été sélectionnés pour leur histoire, leur architecture ou leurs caractéristiques particulières, même s'ils ne sont pas très connus, et sont présentés en suivant la côte du nord au sud. Pour les repérer sur une carte, la position géographique a été indiquée en latitude et longitude. Le point de départ de ces coordonnées est le point à l'intersection de l'équateur et du méridien de Greenwich.

Comment lire la carte d'identité d'un phare ? La latitude représente la distance de ce point par rapport à l'équateur, graduée en degrés, de 0 à 90°, vers le nord (N) et vers le sud (S). La longitude représente la distance de ce point par rapport au méridien de Greenwich, graduée en degrés de 0 à 180°, vers l'ouest (O, ou W en anglais) et vers l'est (E). La hauteur est celle du bâtiment. Le plan focal est la hauteur de la lampe au-dessus des plus hautes eaux, ce qui détermine la portée théorique du feu.

L'OBSERVATOIRE ROYAL DE GREENWICH

Greenwich est une banlieue de Londres, au bord de la Tamise, où est installé l'Observatoire royal qui avait pour mission de mettre à jour les tables, appelées éphémérides, des positions des étoiles utilisées pour la navigation. Les cartes sont graduées selon ce système qui permet de situer n'importe quel point sur une carte si on connaît ses coordonnées.

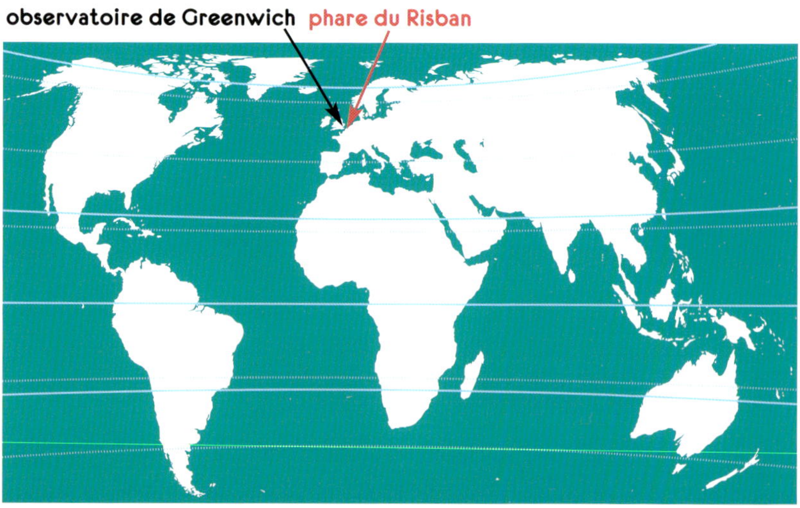

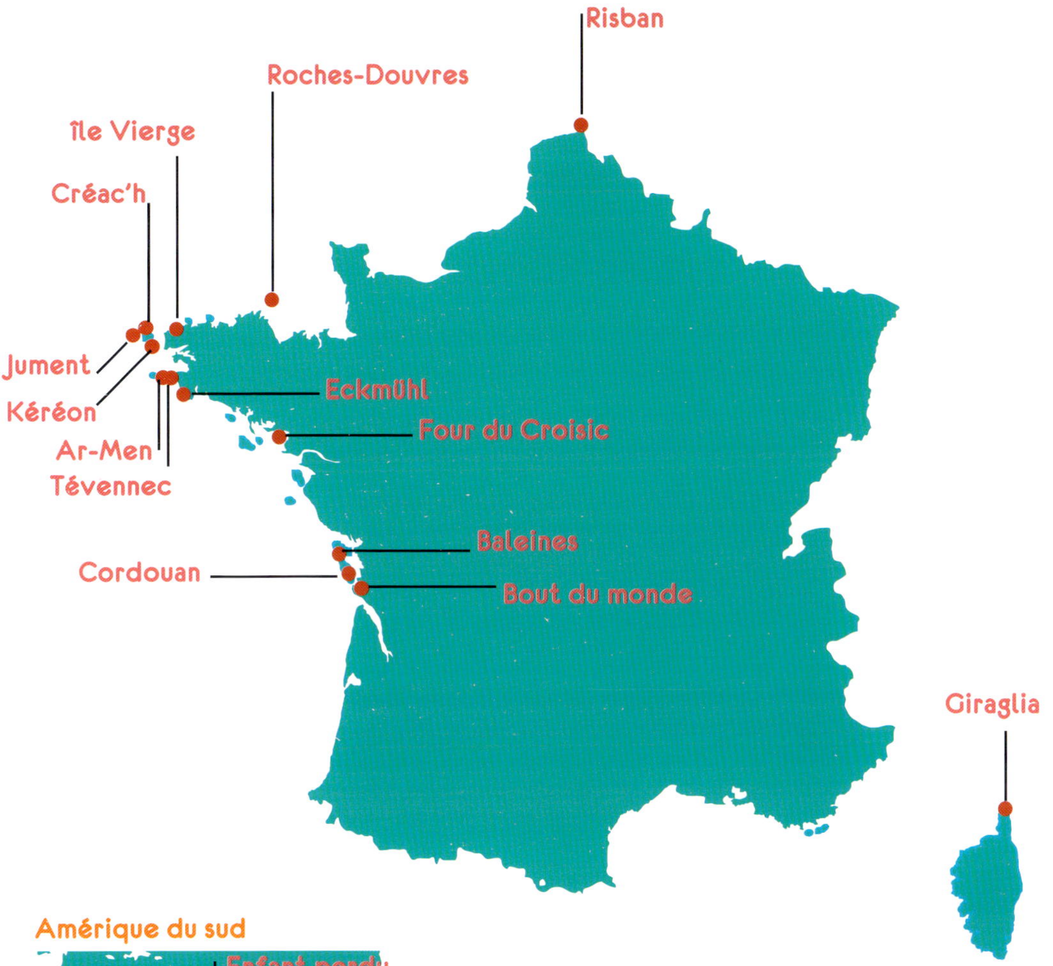

Amérique du sud

Océanie

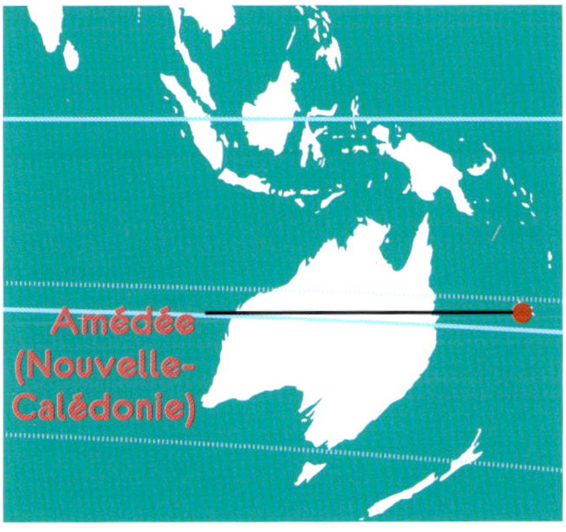

LE PHARE DU RISBAN

Date de construction : 1843
Commune : Dunkerque, Nord
Latitude : 51°02,929' N
Longitude : 02°21,860' E
Hauteur : 56 mètres au-dessus du sol
Plan focal : 59 mètres au-dessus des hautes mers
Portée : 25,6 milles
Intensité : 970 000 candelas
Lampe HQI de 250 watts, 220 volts
Rythme : 2 éclats groupés tournants, période 10 secondes
Description :

Construit au milieu du port de Dunkerque, sa tour de 55 mètres de hauteur est en brique, ce qui fait de lui le plus grand phare de ce type en France. Sa base rectangulaire abrite les logements des gardiens et les magasins. Il est classé monument historique depuis 2010.

Il a remplacé le feu de la tour du Leughenaer construite en 1548 par Charles Quint. Cette tour était appelée la tour du Menteur, car elle n'était pas dans l'axe du chenal, les navires qui voulaient entrer dans le port sans connaître les passes en se fiant à cette tour s'échouaient sur les bancs de sable.

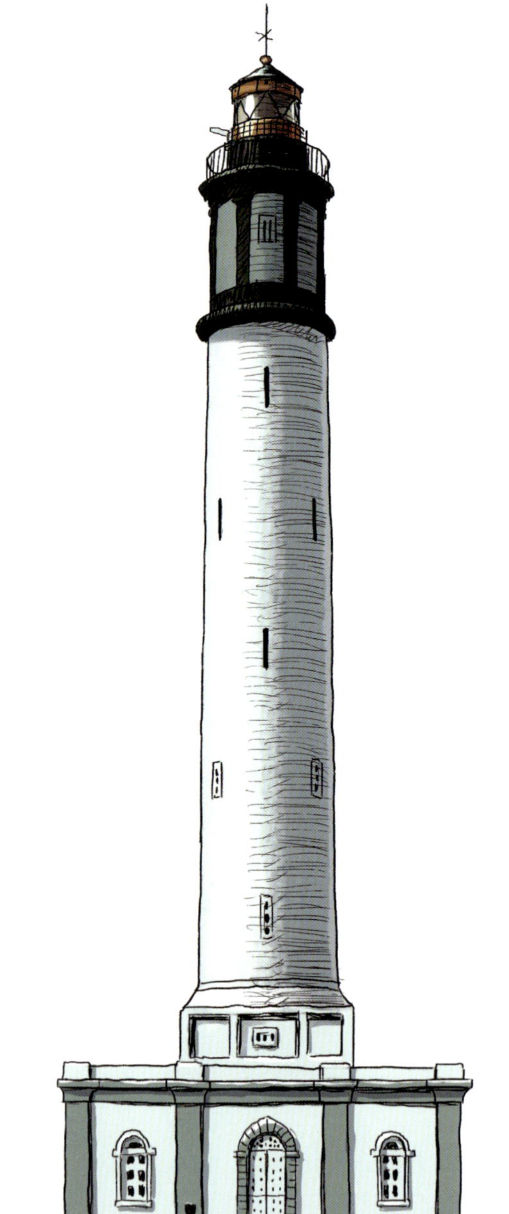

LE PHARE DES ROCHES-DOUVRES

Date de construction : 1865
Commune : au large de l'île de Bréhat, Côtes-d'Armor
Latitude : 49° 06,303' N
Longitude : 02° 48,848' O
Hauteur : 65 mètres au-dessus du sol
Plan focal : 60 mètres au-dessus des hautes mers
Portée : 24 milles
Intensité : 580 000 candelas
Lampe aux halogénures métalliques de 70 watts, 220 volts
Rythme : éclats réguliers tournants période 5 secondes
Description :

Il fut décidé, en 1865, d'établir un phare métallique sur le plateau des Roches-Douvres, à 16 milles au large des côtes bretonnes. C'était, à l'époque, la plus haute tour métallique du monde. Il fut d'abord monté à Paris pour l'Exposition universelle de 1867.

Il fut mis en fonctionnement le 6 août 1869 et resta en service jusqu'en 1944 où il fut détruit par les Allemands. Les conditions de vie y étaient jugées « épouvantables » : humidité, vibrations, éloignement des côtes et un entretien nécessitant d'incessantes et périlleuses séances de peinture. La durée de la traversée pour la relève était de près de 3 heures et elle était parfois impossible à réaliser. Le phare actuel de 1954 est en granite rose, constitué d'un bâtiment ovale de 5 étages et 20 mètres de haut, surmonté d'une tour de 35 mètres.

Le phare de l'île Vierge

Date de construction : 1902
Commune : Plouguerneau, Finistère
Latitude : 48°38,328' N
Longitude : 04°34,048' O
Hauteur : 82 mètres au-dessus du sol
Plan focal : 77 mètres au-dessus des hautes mers
Portée : 27 milles
Intensité : 1,3 million de candelas
Lampe aux halogénures métalliques de 250 watts, 220 volts
Rythme : éclats blancs réguliers tournants, période 5 secondes
Description :

Il est situé au nord de l'embouchure de la rivière de l'Aber-Wrac'h, sur la partie est de l'île Vierge. C'est le phare le plus haut d'Europe (82,5 mètres). Pour atteindre la lanterne, il faut monter 397 marches. Il a été construit pour remplacer le phare qui datait de 1845, jugé trop petit pour les besoins de sécurité, et qui ne pouvait pas être rehaussé. Les murs de l'escalier sont couverts d'opaline, ce sont des carreaux de verre blanc aux reflets irisés.

Automatisé en 2010, il fait partie des phares classés sur la liste des monuments historiques de novembre 2010.

Le phare du Créac'h

Date de construction : 1863
Commune : Ouessant, Finistère
Latitude : 48° 27,549' N
Longitude : 05° 07,740' O
Hauteur : 55 mètres au-dessus du sol
Plan focal : 70 mètres au-dessus des hautes mers
Portée : 32 milles
Intensité : 12 millions de candelas
Lampe halogénures métalliques de 2 000 watts
Rythme : 2 éclats blancs groupés tournants période 10 secondes
Description :

Le phare du Créac'h (promontoire en breton) est construit sur la côte ouest de l'île d'Ouessant. Il est peint de bandes horizontales noires et blanches. Allumé en 1863 et électrifié en 1888, il est le plus puissant d'Europe avec une portée de 32 milles. Grâce à ses 2 lampes et ses 4 optiques disposées sur 2 niveaux, la lueur de ses éclats est visible à 69 kilomètres. À ses pieds, les bâtiments techniques abritaient une centrale électrique qui desservait tous les habitants de l'île. Depuis 1988, ils abritent le musée des Phares et Balises, et notamment la première optique imaginée par Fresnel testée au phare de Cordouan. Au fur et à mesure de l'automatisation des phares, le Créac'h est devenu le centre de contrôle de tous les phares et feux du Finistère.

Le phare de la Jument

Date de construction : 1911
Commune : Ouessant, Finistère
Latitude : 48°25,331' N
Longitude : 05°08,033' O
Hauteur : 48 mètres au-dessus du sol
Plan focal : 36 mètres au-dessus des hautes mers
Portée : 21 milles
Intensité : 160 000 candelas
Lampe H de 250 watts
Rythme : 3 éclats rouges groupés tournants période 15 secondes
Description :

Situé aux abords sud-ouest de l'île d'Ouessant, redoutés pour leurs courants violents, sur la roche de la Jument (Ar-Gazec).

En 1904, on y dénombre pas moins de 31 naufrages en 15 ans. Charles-Eugène Potron lègue 400 000 francs pour ériger un phare aux abords d'Ouessant, dans un délai de 7 ans. Le phare de la Jument est allumé juste à temps, et les travaux d'aménagement intérieur sont terminés 3 ans après. Mais il a été construit trop vite, le soubassement du phare a été sous-dimensionné. Lors des tempêtes, la tour tremble, à tel point que le mercure sort de la cuve sous les coups des vagues. Il a fallu que les gardiens enregistrent sur un sismographe les mouvements que faisait le phare à chaque coup de vague pour que l'Administration fasse de toute urgence les travaux qui s'imposaient.

Le phare de Kéréon

Date de construction : 1916
Commune : Ouessant, Finistère
Latitude : 48°26,240' N
Longitude : 05°01,543' O
Hauteur : 41 mètres au-dessus du sol
Plan focal : 38 mètres au-dessus des hautes mers
Portée : 17 milles
Intensité : 35 000 candelas
Lampe aux halogènes de 70 watts, 230 volts
Rythme : 3 occultations, période 24 secondes
Description :
Situé au sud-est de l'île d'Ouessant, sur la roche Men-Tensel (pierre hargneuse). Madame Amicie Lebaudy contribua à financer l'édification du phare. Les murs de l'escalier sont ornés de mosaïques ; la salle d'honneur a un revêtement mural en lambris de chêne de Hongrie, dont plusieurs panneaux sont décorés de l'étoile des phares en relief, et un parquet en chêne décoré en son centre d'une grande rose des vents en ébène et acajou.
Les derniers contrôleurs ont quitté le phare en 2004. Pour éviter la détérioration des boiseries et du mobilier, ils doivent être démontés, et remontés pour être exposés au musée de l'île d'Ouessant. Le phare a une optique dite d'horizon. Kéréon fait partie des feux à secteurs. Le secteur rouge couvre la zone sud-est, où des têtes de roche affleurent à moins de 1 mètre.

Le phare de Tévennec

Date de construction : 1875
Commune : île de Sein, Finistère
Latitude : 48°04,279' N
Longitude : 04°47,724' O
Hauteur : 15 mètres au-dessus du sol
Plan focal : 28 mètres au-dessus des hautes mers
Portée : 12 milles
Intensité : 940 candelas
Lampe aux halogènes de 20 watts, 12 volts
Rythme : feu scintillant continu période 1,2 seconde
Description :

Construit en 1875 sur un îlot au large de la pointe du Raz, selon le principe de la maison phare. Au début, un seul gardien y est affecté pour des séjours de 6 mois. En 35 ans, 23 gardiens, dont 4 gardiennes, s'y sont succédé. Le séjour le plus court a été de 1 mois. Le phare de Tévennec serait un lieu maudit, on y a même érigé une croix pour faire fuir les esprits, dont celui de ce marin rescapé d'un naufrage. Son âme serait enfermée dans la maison phare. Devant les difficultés pour recruter des gardiens, ce phare a été automatisé en 1910. Plus récemment, on a découvert que le rocher sur lequel il est bâti est traversé par une grotte sous-marine. Ce seraient les vagues qui, en s'engouffrant dans cette grotte, généreraient les bruits sinistres qui ont effrayé des générations de gardiens.

Le phare d'Ar-Men

Date de construction : 1881
Commune : île de Sein, Finistère
Latitude : 48°03,005' N
Longitude : 04°59,865' O
Hauteur : 37 mètres au-dessus du sol
Plan focal : 29 mètres au-dessus des hautes mers
Portée : 23,5 milles
Intensité : 460 000 candelas
Lampe aux halogénures métalliques de 250 watts, 220 volts
Rythme : 3 éclats groupés tournants, période 20 secondes
Description :

À la pointe de la Bretagne se trouve une véritable chaîne de montagnes sous-marines, la Chaussée de Sein. 2 phares donnent son alignement, mais pas la distance à laquelle il faut se tenir à l'écart. À 3 milles avant la pointe, 3 rochers affleurent, dont Ar-Men, découvrant une surface d'une dizaine de mètres de diamètre à marée basse.
Pour fixer un massif de maçonnerie sur l'écueil, il a fallu creuser, à marée basse, 49 trous de 30 centimètres de profondeur dans la roche pour y sceller des tiges de fer, et y établir une maçonnerie de ciment à prise rapide, dans laquelle d'autres tiges de fer furent insérées pour consolider l'ensemble. 13 ans plus tard, le 18 février 1881, le feu était allumé pour la première fois. Le phare a été automatisé et les derniers contrôleurs l'ont quitté en 1990.

LE PHARE D'ECKMÜHL

Date de construction : 1897
Commune : Penmarc'h, Finistère
Latitude : 47°47,890' N
Longitude : 04°22,366' O
Hauteur : 65 mètres au-dessus du sol
Plan focal : 60 mètres au-dessus des hautes mers
Portée : 23,5 milles
Intensité : 400 000 candelas
Lampe HM de 650 watts, 220 volts
Rythme : éclats réguliers tournants période 5 secondes
Description :

Ce phare porte le nom du village d'Eggmühl (Bavière). L'armée de Napoléon y gagna une bataille en 1809, et le maréchal Louis Nicolas Davout, duc d'Auerstaedt, devint alors prince d'Eckmühl. Sa fille, marquise de Blocqueville, décida de racheter « les larmes versées par la fatalité des guerres... par les vies sauvées de la tempête ». Elle légua 300 000 francs pour la construction d'un phare. Ce legs tombait à pic pour améliorer le projet d'un phare à la pointe de Penmarc'h.

Construit en granit de Kersanton, les murs de son escalier en colimaçon sont recouverts de plaques d'opaline. La statue du maréchal est installée dans la salle d'honneur. Les bâtiments annexes permettaient d'accueillir 6 gardiens et leur famille. Le phare a été classé au titre des monuments historiques en novembre 2010.

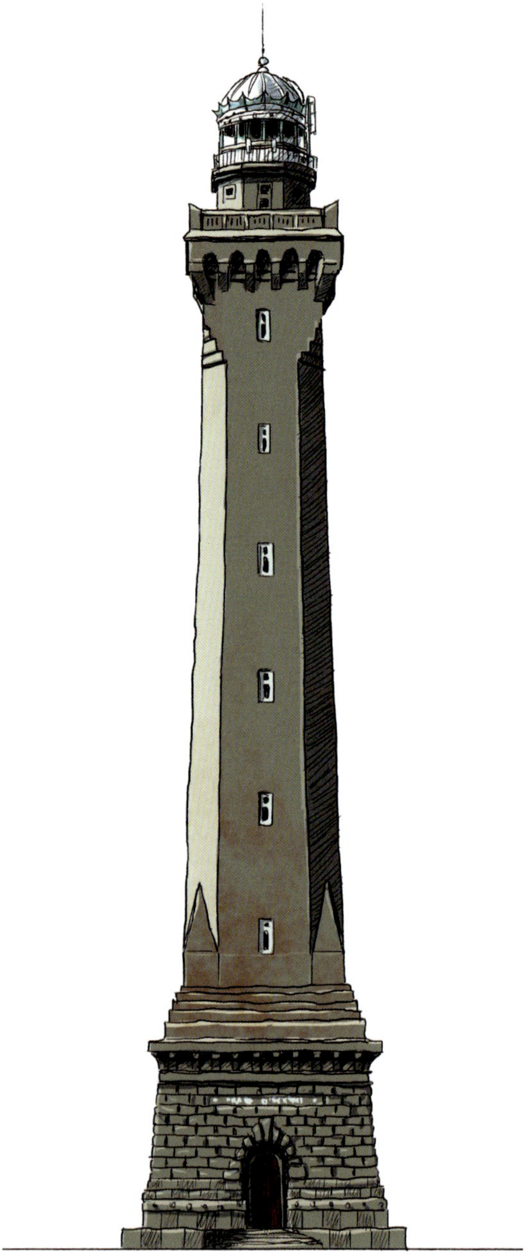

Le phare du Four du Croisic

Date de construction : 1822
Commune : Le Croisic, Loire-Atlantique
Latitude : 47°17,868' N
Longitude : 02°38,054' O
Hauteur : 27 mètres au-dessus du sol
Plan focal : 23 mètres au-dessus des hautes mers
Portée : 18 milles
Intensité : 48 000 candelas
Lampe aux halogènes de 90 watts, 24 volts
Rythme : éclats blancs réguliers période 5 secondes
Description :

Il est situé à 3,5 milles à l'ouest de la pointe du Croisic, sur le plateau du Four à l'entrée de la Loire. La décision d'y construire un phare était déjà prise lorsque le vaisseau *L'Hermione* s'y est éventré en 1793 par la faute du pilote. Sa spirale noire et blanche est une caractéristique qui se retrouve rarement sur nos côtes, un autre exemple est le phare de Contis dans les Landes. L'embase est dite « en fût de chêne », c'est-à-dire que la base de la tour est plus large et profilée, pour permettre aux vagues de « glisser » le long de celle-ci.

La tour étant très étroite, les chambres étaient très inconfortables, rendant la vie difficile. Le phare a été automatisé dès 1983. Il est alimenté par un aérogénérateur de 2 000 watts, qui permet de porter son faisceau lumineux à 18 milles nautiques.

Le phare des Baleines

Date de construction : 1854
Commune : Saint-Clément-des-Baleines, Charente-Maritime
Latitude : 46°14,651' N
Longitude : 01°33,665' O
Hauteur : 57 mètres au-dessus du sol
Plan focal : 53 mètres au-dessus des hautes mers
Portée : 27 milles
Intensité : 1,5 million de candelas
Lampe HQI de 250 watts, 230 volts
Rythme : 2 optiques, 4 éclats groupés, période 15 secondes
Description :
Situé sur la pointe nord-ouest de l'île de Ré, il est constitué d'une tour octogonale avec encorbellement à la partie supérieure, en maçonnerie de pierres de taille calcaires et granite de Kersanton. Il remplace le premier phare allumé en 1682 qui brûlait de l'huile de poisson. Au pied de l'ancienne tour, dans l'école de formation des gardiens de phare aujourd'hui fermée, est installé le musée des Phares. Jamy Gourmaud (en vidéo) y anime : *Les Phares c'est pas sorcier*.

Le phare du Bout du monde

Date de construction : 2000
Commune : La Rochelle, Charente-Maritime
Latitude : 46° 08,266' N
Longitude : 01° 10,750' O
Hauteur : 15 mètres au-dessus du sol
Plan focal : 8 mètres au-dessus des hautes mers
Portée : 8 milles
Intensité : 610 candelas
Lampe aux halogènes de 40 watts, 12 volts
Rythme : 3 éclats groupés période 12 secondes
Description :

En 1884, pour permettre aux grands voiliers de doubler le cap Horn, les Argentins construisirent un phare à la pointe de la Terre de Feu. En bois, de forme octogonale, d'une hauteur de 6,5 mètres, il était situé sur une falaise de 70 mètres. Sa portée était de 15 milles.

Les conditions de vie épouvantables pour ses gardiens ont inspiré Jules Verne (*Le Phare du bout du monde*). Il fut abandonné en 1902.

En 1993, un Rochelais, André Bronner, eut l'idée de faire reconstruire ce phare. Depuis février 1998, son double éclat blanc est visible par 54°45' sud et 64°50' ouest. Pour célébrer sa remise en service, une curieuse petite réplique sur pilotis fut construite à La Rochelle, face au port des Minimes. On l'appelle le phare du Bout du Monde. Il a été allumé le 1er janvier 2000.

LE PHARE DE CORDOUAN

Date de construction : 1610, rehaussement en 1789
Commune : Le Verdon-sur-Mer, Gironde
Latitude : 45° 35,180' N
Longitude : 01° 10,401' O
Hauteur : 68 mètres au-dessus du sol
Plan focal : 60 mètres au-dessus des hautes mers
Portée : 19,5 milles
Intensité : 90 000 candelas
Lampe de 250 watts, 220 volts
Rythme : 2+1 occultations toutes les 12 secondes
Description :
Pour remplacer la tour du Prince Noir marquant les passes d'entrée vers Bordeaux, Louis de Foix, architecte, soumit à Henri III un projet d'une simple tour. Il sut convaincre Henri IV d'en faire un monument. Il mourut avant d'avoir pu voir son œuvre, qui fut achevée en 1611. Quatre gardiens séjournaient dans le phare pour entretenir le feu brûlant dans la lanterne à partir d'un mélange de bois et de poix. Ils avaient des vivres pour 6 mois, et de l'eau en abondance grâce à un système de gouttières et de citernes pour la récupération de l'eau de pluie. C'est à Cordouan, en 1791, que le premier système d'éclairage par réflecteurs paraboliques fut installé. En 1823, Fresnel y installa la première lentille à échelon.
Monument historique depuis 1862, Cordouan est aussi appelé le Versailles de la mer, le roi des phares ou encore le phare des rois.

LE PHARE DE LA GIRAGLIA

Date de construction : 1848
Commune : Ersa, Haute-Corse
Latitude : 43°01,601' N
Longitude : 09°24,328' E
Hauteur : 26 mètres au-dessus du sol
Plan focal : 85 mètres au-dessus des hautes mers
Portée : 28 milles
Intensité : 2,5 millions de candelas
Lampe aux halogénures métalliques de 150 watts, 220 volts
Rythme : éclats réguliers tournants, période 5 secondes
Description :

Si de nombreuses tours de guet ont été construites par les Génois au XVIe siècle, le seul feu de navigation de Corse a longtemps été celui de l'entrée du port de Bastia. En 1840 commencent les travaux de la quasi-totalité des phares de Corse, dont celui de la Giraglia. Ce phare est construit à côté d'une tour génoise, au nord du cap Corse, sur l'île de la Giraglia, le point le plus proche du continent.

L'ensoleillement de l'île permet d'alimenter les phares à l'énergie solaire. La puissance et la portée sont équivalentes à celles des plus grands phares. Il a été classé au titre des monuments historiques en novembre 2010.

LE PHARE DE L'ENFANT PERDU

Date de construction : 1863 (premier phare en fer)
Commune : Macouria
Latitude : 05°02,528′ N
Longitude : 52°21,262′ O
Hauteur : 15 mètres au-dessus du sol
Plan focal : 17 mètres au-dessus des hautes mers
Portée : 11 milles
Intensité : 2 240 candelas
Lampe de 40 watts, 12 volts
Rythme : éclats réguliers blancs période 4 secondes
Description :

Situé au nord-nord-ouest du port de Cayenne, à 8 milles de la côte sur le rocher de « l'Enfant-Perdu », il balise l'entrée du chenal de Cayenne.

L'histoire raconte que les îlots le Père, la Mère, leurs deux filles (les Mamelles) et leur fils se sont fait emporter par un raz de marée lors d'une promenade et se sont échoués au large du fleuve Mahury. Le fils, l'enfant perdu, s'échoua au large de Cayenne.

Les premiers gardiens étaient des bagnards. Un jour, ils furent oubliés par l'administration pénitentiaire. Au bout de plusieurs semaines, les gardiens à cours de vivre construisirent un radeau pour rejoindre le continent. Ils furent condamnés pour tentative d'évasion.

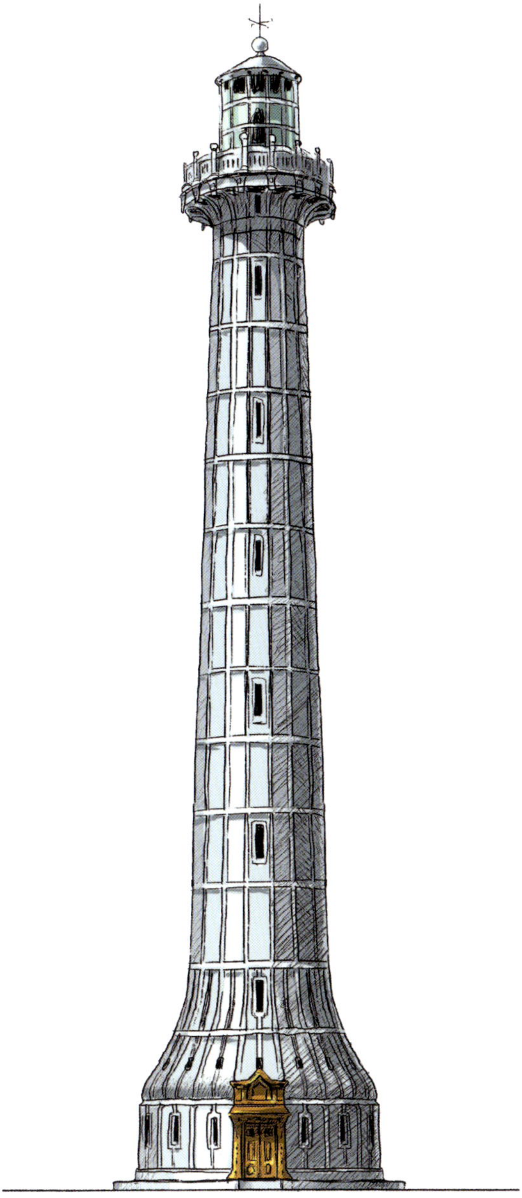

Le phare Amédée

Date de construction : 1865
Commune : Nouméa, Nouvelle-Calédonie
Latitude : 22°28,807' S
Longitude : 166°27,875' E
Hauteur : 53 mètres au-dessus du sol
Plan focal : 53 mètres au-dessus des hautes mers
Portée : 24,5 milles
Intensité : 30 000 candelas
Lampe aux halogénures métalliques de 150 watts, 220 volts
Rythme : 2 éclats groupés blancs, période 15 secondes
Description :

Le phare Amédée est situé sur l'îlot Amédée en Nouvelle-Calédonie, dans l'océan Pacifique. Il balise l'entrée du port de Nouméa. Il a été construit à la demande du gouverneur de la Nouvelle-Calédonie pour sécuriser l'entrée au port. Pour faciliter la réalisation du projet, la construction d'un phare métallique a été retenue. Le phare a été fabriqué dans des ateliers parisiens, monté une première fois pour vérification à La Villette, puis envoyé par mer en Nouvelle-Calédonie où il a été monté en 10 mois seulement en 1865. Il a été électrifié en 1985. Les logements des gardiens et les magasins sont situés dans le renflement du pied de la tour.

Il a servi de modèle pour construire 3 ans plus tard le premier phare des Roches-Douvres.

Dans la collection

Vivre la mer

2009
La Pêche en mer
Les Sous-marins

2010
Les Loisirs en mer
Les Porte-avions
La Piraterie

2011
L'Océanographie
Les Monstres marins

2012
Les Phares et balises
Le Sauvetage en mer

Quelques bonnes adresses :

Site du phare des Baleines :
http://www.lepharedesbaleines.fr/

Mairie d'Ouessant :
http://www.ouessant.org/

Office de tourisme d'Ouessant :
http://www.ot-ouessant.fr

Écomusée du phare de la Coubre :
http://www.pays-royannais-patrimoine.com/

Ministère de l'Écologie :
http://www.developpement-durable.gouv.fr/Les-enjeux-du-balisage-des-cotes.html

Service hydrographique et océanographique de la Marine :
http://www.shom.fr/

Association de sauvegarde de Cordouan :
http://www.asso-cordouan.fr/

Conservatoire du littoral :
http://www.conservatoire-du-littoral.fr

Direction départementale des territoires et de la mer (D.D.T.M.) :
http://www.finistere.equipement.gouv.fr/securite-maritime-les-phares-et-r50.html

Association Planète-TP :
http://www.planete-tp.com/